マドンナメイト文庫

嬲られ絶頂 名家の麗夫人と処女妹

天内 幸

目次

contents

嬲られ絶頂 名家の麗夫人と処女妹

第一章　蹂躙された処女

庶民の生活にもかなり影響を及ぼしたオイルショックも少し落ち着いてきた昭和のころ——。

都心から少し離れたこの街には、まだ田んぼや畑が残っていた。

ただ再来年くらいから大手の不動産会社によるニュータウン開発が行われるという話があり、反対する住民が駅前で署名活動などをしている。

「いやだわ、お姉さん、また誘拐ですって」

居間のテレビでニュースを見ていた、妹の五月《さつき》が不安げな顔で言った。

ブラウン管の中のアナウンサーも日本全国で誘拐や強盗が多発しているので、「みなさま、戸締まりは厳重にしてください」と言っている。

「そうね、うちも警備会社に入ろうかと伸一郎《しんいちろう》さんと話をしていたのだけれど……」

ソファに座ってテレビを見ている妹の後ろに立って、香純《かすみ》も画面を見つめる。

二十八歳になる香純の嫁ぎ先の幸村《ゆきむら》家は、全国に弟子を持つ三味線の流派、幸村流の宗家だ。

自宅の土地も広く、母屋《おもや》に蔵があり、庭は和風の庭園だ。ただ夜は周りも暗くなるので強盗たちに狙われやすいのではと地元の警察から注意されたことがある。

「夜中でも、なにかあったら警備員さんが来てくれるらしいから」

会社などで使っている電話回線で繋《つな》がった警備システムが、最近、家庭でも利用できるようになり、それを利用してはどうかと、香純の夫である幸村伸一郎が知り合いから勧められたらしい。

伸一郎は幸村流三味線の後継者で、教室や演奏会などで全国を飛び回っている。

自分がいないときは女だけの家になるので、対策を考えてくれていたのだ。

「そうね、そうなれば少しは不安もなくなるわ」

白のワンピースに包まれた身体を自分の腕で抱きしめるようにして、五月はつぶやいた。

この家で同居している五月は香純の実の妹だ。二十一歳の彼女が姉の嫁ぎ先で暮らしているのは、都内の芸術大学に通うためだった。

地方にある香純と五月の実家は日本舞踊の家だ。五月が上京する際に、ひとり暮らしは危ないのでここで暮らしたらどうかと、伸一郎のほうから言ってくれた。

(ほんとうに大事にしてくれているわ、伸一郎さんは)

香純は伸一郎にとってふたり目の妻となる。前妻は十年前に病気で他界していた。家の格ではこの幸村家のほうが遥かに上で、いわゆる政略結婚の意味合いが強かったが、夫は後妻の香純を優しく大切にしてくれている。

妹のことも家族として迎え入れてくれた。十五歳年上の伸一郎のことを香純もいつしか心から愛するようになっていた。

だから三味線の仕事で彼がいない家は、少し寂しくもあった。

「また去年みたいなことがあったら不安だわ……お姉さん」

「そうね、じゃあ、警備会社さんに頼むのを急ぎましょうね」

自らも琴の奏者である香純は、自宅でも和服で過ごすことが多い。今日は薄い緑地の着物に白い帯の身体を少し前屈《かが》みにし、ソファの背もたれ越しに妹の肩に手を置いた。

妹は昨年、この家の前で男に車に連れ込まれて拉致《らち》されそうになった。その男の名は菅野憲一《すがのけんいち》といい、五月の地元の中学時代の同級生だった。

この家の前で五月を待ち伏せして車に押し込もうとしたところ、たまたま見送りに来ていた家政婦の崎村光恵《さきむらみつえ》がそれを止めたのだった。

『奥様、暴漢です。五月さんを連れ去ろうとしましてます』

朝、けたたましく鳴った自宅のインターフォンから聞こえてきた光恵の叫び声が、いまも香純の耳に焼きついている。

香純たちの実家にほど近い場所に住む憲一は知るよしもなかったのだろうが、香純が嫁ぐ前からこの幸村家で家政婦をしている光恵は、年は三十五歳になるが、体格も大きく柔道の有段者である。

よくは知らないが、若いころは名の知れた不良でもあったらしい。

光恵は田舎不良のような男を平然と投げ飛ばし、ご近所の男性たちと取り押さえたあとインターフォンを押してきたくらいだった。

(もうあんな怖い思いをこの子にさせるわけには……)

香純が門の前に出ていったときには、すでに数人がかりで地面に押さえつけられていた憲一は、もちろん警察に引き渡された。

ただ彼の叔父が故郷の県会議員で、香純の実家を通してなんとか訴えを取りさげてくれないかと頼み込んできた。

実家の日舞の公演の協賛を市や県がしている事情もあり、その県会議員が二度と五月に憲一を近寄らせないと保証人になるのを条件に訴えを取りさげた。

五月も父親の頼みとあってはと納得したが、やはり恐怖が心の傷となって残っている様子だ。

「あら、なんの音かしら」

五月は街中でも、男が遊びにいこうとつきまとってくることがあるらしい。

姉の欲目かもしれないが、五月は瞳が大きな少し洋風の顔立ちの美女で、身体の均整も取れている。

憲一以外にもよからぬ輩《やから》が狙っているかもしれないと、香純は不安でもあった。

そんなことを考えているとき、居間のドアのほうからバタバタと音がした。

「光恵さん、どうしたの？」

居間と言っても幸村家のそれは、かなり広くて床も板敷きだ。今風だとリビングと呼ぶらしいが、けっこう離れているドアの向こうから派手な足音が聞こえる。

光恵は大柄なので足音も大きいが、それにしても騒がしい。なにごとかと香純はドアのほうに白足袋《たび》の足を進めていった。

「えっ」

そのときドアがいきなり開いて光恵が入ってきた。ただ彼女の背後にもうひとりいる。

「お、奥様……」

男顔負けの長身の光恵の影ですぐには気がつかなかったが、目と鼻と口の部分だけがくり抜かれた目出し帽の男が、彼女の背中に密着している。

しかも光恵の喉元には、銀色に光るナイフが当てられていた。

「ひっ」

目の前の現実を香純も、そしてソファにいる五月も受け入れられず硬直してしまった。

このわずかな時間が致命傷になる。居間からサッシを開けて庭に逃げれば、ご近所に助けを呼ぶこともできたかもしれないのに、動きが遅れてしまった。

その間に目出し帽の男がさらに数人、続けて中に入ってきた。

「い、いやっ」

黒の作業服のような上下に目出し帽の男たちは、あっという間に香純と五月に迫り、手にしていた縄で拘束しようとしてきた。

ようやく香純は逃げようとするが、恐怖にすくんでいて脚の動きも悪く、腕をねじりねじりあげられてしまう。

「な、なにをするの、あっ、いや！」

男の力はかなり強く、香純もそして五月もほとんど無抵抗のまま、背中で両手首を束ねられ、彼らが取り出した縄によって拘束されてしまった。

光恵もふたりがかりで脚まで縛られて床に転がされた。

「ご、強盗」

そんな言葉を五月が引き攣った声で口走った。夫や警察が心配していたことが現実に起こってしまったのだ。

「違いまーす。僕らはお金目当てじゃありませーん」

ワンピース姿の五月の手首を縛り終えた、目出し帽のひとりがそう返事をした。

そのやけに軽い調子の声が、女たちの恐怖をさらに加速させた。

「では、なんのためにこんなことを……ああ、解《ほど》いてください」

グリーンの着物の裾を乱して床にへたり込んだ香純は、ようやく声を振り絞るようにして、自分のそばにいる別の目出し帽の男を見た。

手首の縄はかなり絞られていて、骨が軋むような痛みがあった。

「あいつが言ったように僕たちはお金には困っていません。ここに来たのはとっても美しい姉妹がいるって聞いたからなのですよ」

こちらはやけに丁寧な感じの男が、香純の肩を摑《つか》みながら言った。男はやけに冷静な感じに見える。

ただ目出し帽の穴から香純を見つめる瞳が、どこか狂気をはらんでいて恐ろしい。

「僕たちはレイプ魔でーす。お金の代わりにみなさんの身体を奪わせていただきます」

五月のそばにいる男がまた明るい調子で言った。ただ言葉の内容はとんでもなく、その視線は五月の白いワンピースの身体に向けられていた。

「な、なにをおっしゃるのですか、ああ、そんなこと許されません。あなたたちは警察に捕まるわ」

刑務所にいくことになると、香純は懸命にそばの男に訴えた。警察から逃げきれるわけはないのだから。

「ふふ、そりゃ捕まれば大変なことになりますよね。でもまあ、ちゃんとばれないようにする対策は考えてますから大丈夫ですよ」

不気味に笑った男は香純の背中で束ねられた手首のあたりを摑み、立ちあがりながら力任せに引っ張りあげてきた。

てられていく。

「あっ、くう、いや」

後ろ手の腕を曲がらない方向に持ちあげられ、香純は痛みに声をあげながら引き立てられていく。

男は香純の身体を、ソファに腰を下ろしたまま縛られている妹の隣に座らせた。

「あっ、いや、思い直して、ああ、お金なら」

口調が丁寧な男は、香純の左足首と五月の右足首を別の縄で束ねていく。

簡単に逃げられないようにするためだろう。二人三脚のような状態では走ることも難しいからだ。

「お金はいらないって言いましたよね。ふふ、でもまあこんな午前中にレイプ魔なんて言われても現実味がないのはわかります。では僕らが本気だということをまずはおふたりに見てもらいましょう」

香純と五月の足を束ね終えた男は、そばにいる軽い調子の男に見張りを頼み、床に転がされている家政婦の光恵のほうに歩いていった。

どうやら彼がリーダーのような雰囲気だ。丁寧な男が目配せをすると、光恵を縛りあげた男ふたりが頷《うなず》いて動きだした。

「く、やめろ、離せ」

リーダーの丁寧な男と、軽い口調の男。そして光恵を拘束し、いまはなぜか脚のほうの縄を解こうとしている男がふたり。レイプ魔は計四人いる。

リーダーもふたりに加わり、暴れる光恵を押さえ込み、彼女のスカートを捲りあげていく。

「い、いや、やめて！」

光恵が初めて聞くような甲高《かんだか》い声をあげる。男ふたりが床に仰向けにされた光恵を左右から挟むようにしてしゃがみ、さらには太い腕で両脚を引き裂いている。

リーダーの男は大股開きの光恵の股間に前に膝をつき、ナイフで彼女が穿いているベージュのパンティを切断した。

「じっとしてたら気持ちよくしてあげますよ」

そんな言葉を光恵にかけながら、リーダーは黒のズボンのベルトを緩めた。

トランクスも降ろして、尻とそして肉棒を露出させた。

「ひっ」

飛び出してきた肉棒を見て声をあげたのは、彼を真横から見ている香純だった。

どす黒い色をした逸物は長さも太さもかなりあり、すでに天を突いて隆々と反り返っていた

「ふふ、人妻のお姉さんのほうはあいつのチ×ポのすごさがわかるようだね」

いまはソファの背もたれ側に回り込んで、香純と五月の肩を手で押さえている軽い口調の男が囁いてきた。

彼の言うとおり香純は夫と、結婚前に交際した男性の、ふたりの男と身体を重ねた経験があるが、そのどちらとも比べようがないほど巨大だ。

亀頭部は隆々とエラを張り出させ、竿の部分には太い血管を浮かべたそれに、香純はただ目を見開くのみだ。

「さあ、いきますよ」

よく考えたら、リーダーの男はいつから勃起していたのだろうか。そこも香純の知る男性たちとはあまりに違う。

リーダーはその剛棒を、光恵のパンティが脱がされて、剝き出しになったそこに突き立てていく。

「くうう、うう、いや、ああ、うくう」

突き立てるという言葉がなにより当てはまると思うくらいに、リーダーは前戯もしていない秘裂に怒張を強引に押し込んでいく。

メリメリという音が聞こえてきそうに思うほどの押し込みに、さすがの光恵も白い歯を食いしばって苦悶している。

「入ってしまえばすぐに慣れますよ」

言葉は丁寧でもいっさいの容赦なく、リーダーの男は腰を勢いよく前に突き出した。

「くうう、ああ、ああああああ」

かなりの苦痛を感じているのか、光恵はもうこもった声をあげているだけで、ふだんの勇ましさは欠けらも感じない。

「ふふ、あんな男みたいな女でも入っちまったら終わりだな」

また後ろから声が聞こえてきた。そしてそれは香純も同じように感じていた。

失礼かもしれないが柔道の有段者で元不良の光恵は、頼りにはなるが、女性としての愛らしさなどを感じさせるタイプではない。

隣で真っ青な顔を伏せて視線を逸らしている、お嬢様育ちの五月とはまったく正反対の女性だ。

「あ、くうう、うう、う、ううう」

そんな光恵も肉棒を受け止めたらやはり女になるのか、リーダーがピストンを始めると息苦しそうにしながらも、どこか顔を紅潮させてきていた。

「くく、少し濡れてきましたね、お手伝いさん」

光恵の変化にリーダーもめざとく気がついたようだ。目出し帽の穴から見える口元を歪めながら腰の動きを速くしていく。

「く、あ、あああ、いやっ、あ、あ」

そして光恵のほうの声もどんどん艶めかしい響きに変わっていく。

巨大な怒張を受け入れた媚肉のところから、粘っこい音まで聞こえてきた。

(そんな、ああ……光恵さん)

もう光恵の表情が完全に女になっている。彼女のような強い女性でも男のモノには屈服するしかないのだろうか。

見慣れた居間で目まぐるしく展開される光景に、香純は呆然と見とれ、隣の五月もいつの間にか大きな瞳を見開いていた。

「くく、オトコ女のごつい顔も感じてくると可愛く見えるねえ」

光恵は頬骨が大きく、エラも張っているのでより男性的に見える顔立ちだ。

軽い男は細めの目を潤ませて喘ぐ光恵を揶揄《やゆ》しながら、背後から手を伸ばし五月のワンピースの胸を急に摑んだ。

「あっ、いやっ、あ」

白い布越しに男のごつい指が食い込む。小さな悲鳴をあげた五月は後ろ手の身体をよじらせて拒絶反応を示している。

「や、やめて、妹に触れないで」

ここは妹に似ていない切れ長の瞳を見開いて、香純は背後にいる男を睨みつけた。

「ふふ、じゃあ、お姉さんが代わりしますか？」

目出し帽の穴の奥で笑った男は、五月の乳房から手を離し、ソファの背もたれ越しに自分の身体を伸ばしてくる。

彼の大きな手が目指しているのは、香純の着物の裾のほうだ。緑地の着物の合わせ目に大胆に腕を突っ込んできた。

「いや、なにをするのっ、あっ、だめ」

反射的に両脚を閉じようとするが、男の手が強引に太腿の間に割り込んできた。

「おおっ、すべすべの太腿ですね。ははは、やはり上流階級の女は違うな」

悲鳴をあげた香純の耳元でそんなことを言いながら、男は着物の中の内腿を撫でさする。

無骨な感じの男の手のひらが皮膚に触れ、ゾクゾクと背中に悪寒《おかん》が走る。そして男はさらに手を奥に押し込んできた。

「そこは、ああ、いや、ひいっ」

「ふふ、最近は和装用のパンティを穿くって聞いてますけど、ほんとうなんですね」

男の指が香純の股間を捕らえるがそこには薄い布があった。

本来和服というのは腰巻き以外の下着は身につけないが、近年の女性はみんな子供のころからパンティを穿いて育ってきているので、なにも穿かないのは不安というのもあり、和服でもラインの出ない下着を身につけていることが多い。

「まあ、こんなの問題ないですけどね」

男は自分の唇を香純の頰の横にまで持ってきて、自信ありげに囁《ささや》きながら、手をさらに奥に入れる。

器用に指でパンティの生地を引きさげ、その奥を目指してきた。

「ひっ、いやいや、ああ、やめて、お願い、ああ」

下腹部の草むらを搔き分けて、指がその奥にある媚肉を捉えた。

「陰毛も濃いめだし、お肉もなかなかいい感触だ。セックスはお好きなほうですか？」

男は恐ろしい問いかけをしながら、指を巧みに動かし秘裂の上側にある香純の女の突起をまさぐりだした。

「そんなこと、あ、ひいん、ああ、だめ、ああ」

自分が淫婦であるようなことを言われて、香純は慌てて否定しようとするが、肉芽から強烈な痺れが突きあがり、言葉を失ってしまった。

「あ、いや、お願いです、あ、ああ」

それは確かに快感だった。こんな状況で感じている自分に、香純自身も驚愕しているが、身体が勝手に反応している。

そしてレイプ魔の指は意外なくらいにソフトで、絶妙な刺激を女のいちばん敏感な部分に与えてくる。

香純はどうしようもなく喘ぎ、後ろ手に縛られた緑地の着物の身体を、ソファの上でよじらせるのだ。

「ああ、お姉さんに、ひどいことしないで」

足首どうしを繋がれて隣に座る五月が涙声で訴えてきた。恐怖に声が震えているが、姉のことを懸命に思いやっている。

「妹さんもしてほしいのかい」

そんなことは一言も言っていないというのに、軽い男は勝手なことを口にし、空いているほうの手で五月の乳房を強く揉んだ。

白のワンピースにシワが寄り、細身の身体には不似合いな豊満な胸が歪《ゆが》む。

「あっ、いや、くうう」

五月は歯を食いしばって顔を横に振っている。香純の知る限り五月は男性と交際した経験がないはずだ。

そんな妹にとって乳房を揉みしだかれるのは、肉体も心もつらいはずだ。

「やめて、妹にはなにもしないで、ひ、ひいい」

嬲るなら自分をと言おうとしたとき、男の指が激しく香純のクリトリスを擦り、軽く弾くような動きまでしてきた。

強烈な快感が突き抜け、着物の身体がソファの上で跳ねた。

「もちろんお姉さんにも退屈はさせませんよ、くく」

ふたりの女を同時に嬲り、軽い男は楽しげに笑い声をあげた。

「おいおい、いきなりやりすぎるなよ」

光恵を犯しているリーダーの男が、目出し帽の顔を香純たちのほうに向けて笑った。

「やりすぎてねえよ。ふふ、このくらいは準備運動ってところさ」

軽い口調の男はますます調子に乗った感じで、香純の和装用のパンティに忍び込んでいる指を動かしてきた。

「いやっ、あ、ああ、はうん、あああ」

つらくてたまらないというのに香純の声は艶のある響きになり、息づかいもハアハアと激しくなっている。

下半身全体が痺れている感じだ。そしてまだ触れられていない膣内も熱くなりはじめていた。

「いやっ、あ、あ、あ」

なんとか声を抑えたいと思うが、どうにも堪《こら》えきれない。こんな経験は初めてだった。

どうして自分の肉体がされるがままに欲情してるのか、香純は理解が追いつかない。

「お、もう出すぞ、お手伝いさん」

喘ぐ姉妹の向こうで、光恵を犯しつづけていたリーダーがやけに冷静に言った。

「ひっ、いやっ、やめて、中で出さないで」

射精を告げた男の言葉に、光恵が激しい反応を見せた。膣内で射精された先にはもちろん妊娠という恐怖がある。

「そんなひどいことしないで、やめて」

香純も背後から自分の股間に手を入れている男に訴えた。妹の恩人でもある家政婦に望まぬ妊娠をさせるわけにいかない。

「大丈夫だよ。俺らは正義のレイプ魔なもんで、全員パイプカット済みでーす」

声も顔も引き攣らせる香純の横で、男が軽い調子で笑った。そんな呼び名の、男がする避妊手術があることくらいは香純も知っていた。

「レイプ魔に正義もクソもあるかよ、くくく、精子はないけど精液は出ますからね、たっぷりと受け止めてください」

軽い男の冗談に笑いながら、リーダーはさらに腰の動きをあげた。

「あっ、いや、あ、ああ、あああ」

「くう、いくぞ、う」

激しいピストンに光恵がのけぞり、リーダーが声をうわずらせた。

リーダーは最後にその巨根を奥にまで押し込み、剝き出しのお尻を震わせた。

「あ……ああ……」

リーダーの発作が断続的に続き、光恵は呼吸を詰まらせたあと床にぐったりと身体を投げ出した。

「ふう、この女、すごく力が強いからな。もう一回脚も縛り直しといてくれ」

射精を終えたリーダーは光恵の脚の間から立ちあがると、彼女の身体を押さえているふたりの男に指示を出した。

「さあ、こんどはこちらのおふたりの身体をチェックさせてもらいましょうか」

目出し帽の穴から覗く目を、後ろ手に縛られて並んだ姉妹に向けたリーダーは、ナイフを取り出してにじり寄ってきた。

「いっ、いや、来ないで」

彼が目標としているのは妹の五月のほうだ。五月のワンピースの首元を引っ張り、ナイフを入れて引き裂いていく。

「ひい、いやっ」

五月の悲鳴とともに白い生地がふたつに割れていく。あっという間にお腹のあたりまでワンピースは裂かれ、純白のブラジャーと透き通るような肌の腹部が露出した。

「や、やめて、するなら私を」

香純の身体を嬲っていた軽い口調の男の手は引き抜かれ、両肩を押さえつけている。

妹を守りたい一心で香純は後ろ手の身体を立ちあがらせようとするが、男の力で押さえつけられた。

「なるほど、お姉さんが身代わりを買って出る、ということでよろしいですかね」

リーダーはナイフを操っていた手を引きあげると、隣に座る香純を見た。

「え、ええ、なんでもするわ」

身代わりという意味を香純も察している。ただなにをしてでも妹だけは守りたい、そんな一心だった。

「わかりました。では残りの三人を満足させていただきましょうかね。ただあまり長くここに滞在はできませんから、急いでお願いします。あまり遅いようだと、この子におチ×チンが入ってしまいますよ」

リーダーは再び五月のワンピースの裂け目にナイフをあてがい、下に向かって布を裂いていく。

「ひっ、いやっ」

五月の短い悲鳴とともに白い生地がさらに割れ、ブラジャーと同じデザインの白のパンティに包まれた股間まで露《あらわ》になった。

「お、清楚なお下着だねえ、さすがお嬢様だ。はは、お姉さん、ゆっくりやってくださいよ、俺がこの子とやれるように」

軽い男が五月の後ろから、艶やかな太腿の付け根に手を伸ばしながら笑った。

「いやっ、あ、だめ、ああ」

蒼白に染まった顔を横に振って五月は泣き声をあげる。男は身体ごと浴びせるような感じでソファに座る五月と香純の肩を押さえているので、身動きもままならないのだ。

「ふふ、じゃあ、お前はいちばん最後でいいんだな。妹のほうとやりたいっていうのはそういうことだろ」

「あ、しまった」

香純は居間にいる、リーダー以外の三人の男全員を満足させなければならない。それも短時間という条件のもとで。

もし香純が失敗して五月が犯されるとしたら、姉が満足させられなかった男ということになるから、妹を求めるのならいちばん最後に回れという意味だろう。

「まあ、そんなことにならないようにお姉さんががんばってくれるさ。そうですよね」

リーダーの男は冷静に言いながら、香純と五月の足首を繋いでいる縄を解いた。

「わ、わかっているわ。そのかわり約束は守ってください」

切れ長の潤んだ瞳をじっとリーダーのほうに向け、香純は振り絞るような声で言った。正直、怖くてたまらないし、これからのことを考えると屈辱的で死んでしまいたくなるが、心を奮いたたせていた。

「もちろん。ただし休憩なしですよ、さあ、まずはセックスをする格好になってください」

リーダーのそのセリフと同時に、ソファの後ろにいる軽い男が香純の腕を拘束している縄を解いた。

そして、香純の背中を強く前に押した。

「ああ」

よろよろと香純は居間の真ん中に押し出される。周りを黒い服と目出し帽の男に囲まれた、緑地の着物の女がうつむいて立ち尽くしていた。

「どうすればいいのかくらいはわかりますよね。なんならお手伝いしましょうか」

「必要ない……わ……」

これからの行為を考えたら、すべてをここで脱ぎ捨てるしかない。香純は帯留めに手をかけて外していく。

(見ないで五月、見てはだめ)

妹にせめて目を背けてほしいと、香純はいまだ後ろ手縛りのままで震えている妹をじっと見た。

そんな姉の思いを察したのか、五月は目を閉じて顔を横に伏せた。

「どうしたんですか。時間は有限ですよ」

そんな姉妹を交互に見たあと、リーダーは静かに言った。香純は彼を一瞥したあと、帯を解いていく。

よけいな時間をかけてしまって、彼らの機嫌を損ねるわけにはいかない。

「ああ……」

帯を外し、着物も足元に落とした。中から薄ピンクの長襦袢《じゆばん》が現れた。

背後にいる男たちがごくりと唾を飲む音が聞こえてきた。彼らの目線も気になって香純は身をすくませた。

ただ、さっきリーダーの男が言ったとおり、時間は無限ではない。長襦袢の腰紐を解きゆっくりと肩を滑らせていく。

「おおっ、すげえ」

和装用のブラジャーは身につけていないので、長襦袢を脱いで腰巻き姿になると、香純の乳房がいきなり晒された。

片方が香純の顔ほどもある大きな乳房が、開放されてブルブルと弾んでいる。

大きすぎるくらいの乳房が目立つのがいやで、香純は和服を身につけることが多かった。

「すげえ、ボイン」

「ああ、いやっ」

重量感のある下乳や、色は薄ピンクだが乳輪のあたりが少し盛りあがった、淫靡な感じのする乳頭部を、後ろにいたふたりが覗き込んできた。

香純は本能的に胸の前で両腕を交差させて、豊満な柔肉を守った。

「隠すのはいいですが、僕たちもあまり待てませんよ」

リーダーは冷たい口調をためらう人妻に浴びせると、五月の足首を摑《つか》んだ。

「いっ、いや」

片膝を立ててソファに座った体勢となった五月の、膝と肩を縄で束ねていく。

それに反応し軽い男も同じように五月の反対側の脚に縄をかけ、ワンピースを真ん中で引き裂かれた若い身体は、両脚をアルファベットのMの形で固定された。

「だめ、五月には手出しをしないで」

みじめな姿にされた妹に駆け寄ろうと、香純は乳房を隠すのも忘れて走りだす。

巨乳を弾ませる美夫人とM字開脚の令嬢の間に、リーダーがすばやく割り込んだ。

「別に手は出してませんでしょ。逃亡防止に脚を縛っただけです。ただ、お姉さんの態度次第ではこの先はわかりませんけどね」

白い肩や背中をすべて晒した香純の腕を摑みながら、リーダーは目出し帽から出ている瞳で冷たく睨みつけた。

そしてリーダーは、すばやい動きで香純の足元に膝をつくと、赤い腰巻きの中に腕を突っ込んできた。

「なにを、いやっ」

リーダーの目的は香純の和装用のパンティだ。腰巻きの中で彼はそれを摑んで一気に引き下ろし強引に白足袋の足元から抜き取った。

「おおっ、すごいことになってるな。見てみろ」

腰巻きがあるので下半身が晒されてはいないが、脱がされたことで一気に不安感が高まる。

リーダーは薄い布の白いパンティを持ちあげたあと、五月のそばにいる軽い男に向かって投げた。

「うほっ、ずいぶんと染みができてるじゃないですか。俺の愛撫がそんなに気持ちよかったんですか？」

軽い男は子供のようにはしゃぎながら、パンティを掲げている。股間の部分の布には濡れた染みが広がっているだけでなく、粘液がヌラヌラと輝いていた。

「ああ、ち、違うわ……」

白い首筋や肩を羞恥に赤く染めながら、香純は軽い男から顔を背けた。

ただ否定の言葉にも力がない。あの染みが自分の身体が反応していたことの証明だという自覚はあった。

「ふふ、違うかどうかは、見て触ればわかりますよ。さあ、これも取ってください」

赤い腰巻きの紐を軽く引っ張りながらリーダーの男は、目出し帽の顔を香純の耳元に近づけてきた。

そして、かわりに妹さんに脱いでもらいますか、と囁いてきた。

「ああ……」

もう自分には恥じらうことすら許されないのだ。しかし、それでも妹を守らねばならない。

香純は覚悟を決めて腰巻きの紐を解いた。

「すげえ、お尻もたまんねえな」

腰巻きを足元に落とし足袋だけの姿のなった香純の、乳房に負けない豊満な桃尻に、男たちがまた声をあげた。

スリムなタイプの妹と違い、香純は全体的にムチムチとした体型で、滑らかなラインを描く腰回りから尻たぶが急激に盛りあがり、その下にある二本の太腿もねっとりと脂肪が乗っている。

肌も透き通るように白くて艶やかな、男の欲望を掻きたてる肉体をしていた。

「やっぱりお毛々も濃いなあ。旦那さんはそういうの好きなんですか」

香純の白肌と見事なコントラストを描く、黒く範囲も広い草むらを指差して、軽い男がケラケラと声をあげて笑った。

「いっ、いやっ」

足袋だけになった身体のすべてを前後左右から見つめられ、香純はついに羞恥の限界がきて、股間を両手で覆い隠してしゃがみ込んだ。

大きめのサッシから午前の陽光が注ぎ込む居間で、すべてを晒しているのは恥ずかしくて耐えられなかった。

「ふふ、さあ、始めましょうか、おい、準備しろ」

リーダーは光恵の近くにいる男たちに目配せする。男のひとりが走ってきて、香純の腕を背中にねじりあげ、手首に縄をかけてきた。

「くう、どうして、もう縛らないで」

男の強い力で腕を引っ張られ、香純は苦痛に声をあげながら背後を振り返る。

ふたりの男はそんな美夫人の訴えなど無視して、手首を束ね、高い位置で縄を巻きつけ、余りをその巨大な乳房の上下にまで回していった。

「くっ、うう、いやっ」

色白のたわわな双乳の上下に厳しく縄が食い込み、肉房が強く絞り出された。

肋骨が軋《きし》むほど絞りあげられ、香純は苦悶の声をもらした。

「まあ、縛った理由はすぐにわかりますよ。結論から言えば、奥さんに自分の顔を隠させないようにするためですね。おい、準備しろ」

リーダーはそんな声を子分的な立場のふたりにかけたあと、後ろ手縛りでしゃがみ込む香純の足元に膝をつき、剝き出しとなった股間に向かって、後ろから手を入れてきた。

「ひっ、いやっ、なにを、ああ、だめ」

豊満な尻たぶの側から男の大きな手が滑り込み、アナルに一瞬触れた。

排泄器官に他人の指が触れる感覚に驚いて、背中を引き攣らせた美夫人を目出し帽の穴から見つめながら、リーダーはさらに手をその前に押し込んできた。

「パンティがあれだけ濡れているのだから、ここも当然ドロドロですね」

「ああ、いやあああ、あああ」

彼の指が捉えているのは香純の女の穴のほうだ。この男も乱暴な動きのわりには指づかいはソフトで、二本指で膣口をねっとりと掻き回してくる。

「あっ、あうっ、抜いて、あ、ああ」

彼の言葉のとおり、軽い口調の男によって熱くなっていた媚肉は、すぐに反応を示しさらなる愛液を分泌している。

あまり性に積極的でないとはいえ、すでにふたりの男を知っている身体は見事に反応し、膝や腰まで痺れが広がっている。

自分がどうしてこんなに反応しているのかと香純は戸惑うが、二十代後半になってかなり熟れてきた桃尻も勝手によじれていた。

「すごく顔がいやらしくなっていますよ。いいんですか、くくく」

リーダーは噛み殺した笑顔を見せながら、空いている手で香純のあごを掴むと、伏せていた頭を強引に前に向かせた。

「ひっ、いやっ」

居間の床に膝をついている香純の正面で、子分のひとりが三脚にカメラをセットして身がまえていた。

黒いカメラの上にはかなり大きなストロボが取りつけられていて、それが激しく瞬き、香純の縛られた身体に白い光が浴びせられた。

「これが顔を隠せなくした理由です。今日の記録をしっかりと残しておきます。その写真をご実家の周りにばらまかれたくなかったら、警察に通報など考えないことです」

香純のあごを固定したままリーダーが囁く。この男たちは香純と五月の実家のことまで把握しているだろうか。

となればかなり計画的にこの蛮行に及んでいるのだ。恥ずかしい姿をフィルムに焼きつけることによって香純たちを脅し、自分たちが捕まらないようにするための算段はできていたのだ。

「あ、あああ、いやあ、あああ、はうん」

リーダーは香純の入口に押し込んだ二本指をさらに激しく動かしてきた。

よく見たら、もうひとりの子分が別のカメラを手にかまえている。彼は自由に動いて香純の乱れ姿を撮影するつもりだ。

戦慄する香純だったが、どうしても甘い声がもれてしまう。

「ああ、いやいや、ああああん、あああ」

なんども白いフラッシュが浴びせられている。その数だけ、縄に絞り出された乳房や揺れるヒップ、そして、小さめの薄い唇を半開きにした顔も写し撮られているのだ。

生きた心地がしないというのに、香純は艶のある息がもれるのを止められなかった。

「さあ、お姉さん。まずはあいつらを満足させてもらいましょうか。あまり遅いと妹さんの恥ずかしい姿が撮影されちゃいますからね」

そう言ったあと、リーダーは香純の中から指を引き抜いて立ちあがった。

「ほんとうに俺らからで。いいんですか？」

リーダーと同じ目出し帽に黒い服の男ふたりが、自分のほうを指差して言った。

「いいぜ。あいつはいちばん最後がいいらしいしな」

リーダーはM字開脚の五月のそばにいる、軽い男を一瞥して言った。

「ただし……」

そして、子分のひとりの耳元でなにかを囁くと、カメラを受け取った。

「了解です」

手持ち用のカメラを持っていた男のほうが、目出し帽から覗く口元を歪めて、自分のズボンに手をかけた。

「ひっ」

男は黒の作業ズボンをすばやく脱いで下半身裸になった。その股間ではすでに肉棒が反り返っている。

リーダーの男ほどではないが、こちらもかなりの巨大さを誇っていた。

「じゃあ、お姉さんのほうからこいつに跨がってくださいよ」

いよいよ犯されると思い、床に膝立ちの身体を強《こわ》ばらせる香純に笑顔を向けた子分は、なぜか床に仰向けで寝転がった。

そして天井を向いて屹立している自分の肉棒を指差した。

「そんな……」

子分の男が言っている意味は、もう香純も子供ではないからわかる。

ただ自分の人生の中で、自ら男のモノを受け入れるなど考えたことがなく、なよなよと首を振って拒絶した。

「女性上位のほうがよりいい写真が撮れるのです。だからがんばってください、でないと」

いまは撮影係となっているリーダーが、五月の横にいる軽薄な男を見た。

「さあ、妹ちゃんのおっぱいでも拝ませてもらおうかな」

軽薄な男はナイフを取り出して、ワンピースが引き裂かれている五月の胸元にもっていく。

刃を上に向けた彼は、それを純白のブラジャーの真ん中に差し込んで切断した。

「いやああ」

五月の悲鳴とともにブラジャーが弾け、透き通った肌の胸元が露《あらわ》になる。男はワンピースの裂けた布を豪快に開く。

「おお、こちらもお姉さんに負けないエッチなスタイルだね」

ブラジャーとワンピースが横に開き、五月の鎖骨の浮かんだ肩回りやよく引き締まったウエスト、そして細身の身体に不似合いなバストが晒された。

他の男たちも見とれているくらいに、五月の乳房は美しかった。バストサイズは姉よりも一回り小さいくらいだがそれでも充分にボリュームがあり、形も見事な球形をしている。

ツンとうえを向いた先端部も色が薄ピンクで、清楚な雰囲気を醸し出していた。

「やめてっ、妹にはなにもしないで」

床に膝立ちのまま振り返り、香純は叫んだ。

「なら。早くしましょうよ、お姉さん。あなたがためらっていると、妹さんがどんどん裸になって最後は……」

カメラを手に持ったまま、リーダーがまた軽薄な男を一瞥する。

M字開脚で乳房を晒している五月の前で、軽薄な男が身体を香純に向けて立ち、黒いだ。


いズボンの股間を撫でさすった。

「わ、わかっているわ、だからお願い」

もう恥ずかしいだとか、つらいだとか言っている場合ではない。

香純はよろけながら立ちあがると、白足袋だけの脚で床に寝る男の裸の下半身を跨いだ。

「もう少しがに股にならないと入らないよ、くくく」

子分の男は目出し帽の穴から覗く口元をにやつかせながら、楽しげに両手を自分の頭の後ろに置いた。

あくまで自分は動かずに、香純に最後までさせるという意思表示に思えた。

「ああ……」

下から男に覗かれながら股を開くなど、死ぬことよりもつらい。ただためらっているような時間はないのだ。

ムチムチとした白い太腿を、男の股間の上で香純は大きく開いた。

「おお、さすがお金持ちの奥さんだ。マ×コもピンクで綺麗だな」

膝と膝が離れて下半身ががに股になると、当然ながら香純の女のすべてが剥き出しになる。

陰毛は濃いめで熟した感じがするが、秘裂のほうは肉唇も小さく、媚肉も薄桃色をしている。

ただ男たちの指での愛撫を受けて、愛液がまとわりついてヌラヌラと輝いているのが生々しかった。

「ああ、いや、ああ……」

床に寝た男の顔は見ないまま、香純は豊満な桃尻ごと身体を沈めていく。

夫のモノよりもかなり大きいように思える子分の亀頭が、濡れた膣口に触れた。

「あっ、ああ、うっ、くううう」

硬くて熱い肉棒が膣口を割り開いた瞬間、香純は思わず口を割って喘ぎそうになり、慌てて歯を食いしばった。

そんな美夫人に容赦なくフラッシュの閃光が浴びせられる。

「ああ、いやっ、あ、あああ」

ただもう香純は撮られていることを気にする余裕などない。膣口を強烈に押し開く巨大な肉棒に喘ぎながら、必死で身体を沈めていく。

エラの張り出した亀頭部が中に入ってくるたびに、下半身全体が熱く痺れていった。

「おお、上流階級のオマ×コは締まりがきつくて、すごいですよ」

硬化した亀頭に香純の媚肉が擦れ、床に寝た子分が歓喜の声をあげている。

「ははは、そこの具合に生まれは関係ないだろ」

そしてリーダーはカメラをかまえて、男に跨がる香純の前に回り込みなんどもシャッターを押した。

「い、いやっ、あっ、ああっ」

顔だけは撮られまいと横を向くが、リーダーはそれを追いかけてシャッターを押している。

彼らの思惑のとおりに、縛られた美夫人は顔を隠すことも叶わずにフラッシュを浴びつづけた。

「あっ、いっ、あっ、はあぁん」

カメラを意識している香純の、がに股に開いた太腿に知らないうちに下の男の両手が伸びていた。

太腿を摑まれると同時に香純の身体は引き寄せられ、お尻が男の股間に向かって落下した。

「ひっ、だめ、あ、あああ」

不意討ちのような感じで膣奥を貫かれ、香純は切れ長の瞳を見開いて縛られた身体を震わせている。

小さめの整った唇は大きく開き、縄で絞り出された巨乳がフルフルと躍《おど》っていた。

「さあ、自分から動いて」

怒張が膣内を埋めつくした感覚に呼吸を詰まらせている香純に、リーダーがシャッターを押しながら言った。

「あ、ああ、いや、あ、あ」

一瞬で頭の芯まで痺れている感覚の香純は、リーダーに操られるように腰を前後に使いはじめた。

膝を男の腰の横につき、豊満な桃尻をたどたどしく前後に動かした。

「なんだか動きが悪いですね。いつもご主人にしているようにしてくださいよ」

床に寝ている子分の男が不満げに訴えてきた。

「あ、ああ……こんなこと、してないわ、ああ……」

夫との夜の行為でも男に跨がるような体位はした経験がない。明かりを消し、香純が横になって夫を受け入れていた。

こんな淫らな体勢でするなど、香純はただの一度も考えたことがなかった。

「もっと盛りあがってもらわないといい写真が撮れないじゃないですか。指導をしている時間もないし仕方がない。おい、お前が突いてやれ」

「はいっ」

カメラを自分の顔に当てたままリーダーが言うと、香純の下にいる子分がまってましたとばかりに声をあげた。

子分は勢いをつけて下から腰を突きあげた。

「ひっ、ひあっ、あ、だめ、ああ」

仰向けに寝た子分の腰が波を打つように動き、それにより肉棒がリズムよくピストンされる。

膣奥にまで達している巨大な逸物がさらに奥を突き、縛られた白い身体が大きく跳ねてのけぞった。

「いやっ、あ、ああ、はああ」

もう耐えきれずに唇を大きく開き、香純は淫らなよがり声を響かせた。

怒張が突かれるたびに、下腹のあたりに強烈な痺れが突き抜け、それが全身に広がっていく。

（大きいだけじゃない……硬い……ああ……）

歳の離れた夫のモノとは違い、若いであろう子分の男の肉棒は、かなりの硬さを誇っている。

それが濡れた媚肉を勢いよく突きあげてくる。この体力も夫とは比べようもないくらいにタフだった。

「あ、ああ、いやっ、ああ、は、激しくしないで」

男の腰の上で縄にくびり出された巨乳を躍らせながら、香純はただひたすらに喘いでいた。

淫らに崩れている美しい顔が、なんどもフラッシュに照らされていた。

（いや、私、ああ、こんなの、だめ）

もう全身が熱くなり、膣内が異様なくらいに敏感になっている。自分は犯されているというのにどうしてこんなに感じているのか、香純は怖くてたまらない。

ただ身体のほうが心を無視して暴走している感じで、どうしようもなかった。

「エロい顔になってますよ、ビニ本にしたら売れそうだ」

よくわからない単語を口にしながら、リーダーはどんどん撮影を続けている。

ただ本という言葉に香純は背中が凍えるほどの戦慄を覚えた。

「いっ、いやあ、ああ」

ビニ本とは写真集のようなものなのか。自分が裸で縛られて男に跨がった姿が店頭に並ぶ、そう思うと、香純は反射的に腰を浮かせて肉棒から逃げようとした。

「なにやってるんですか。しっかりこいつらを満足させるって約束でしょ」

近くで見ていたリーダーがそれを察知して、香純の肩を強く下に押した。

「ひいい、あ、くうう」

巨大なヒップが子分の腰に叩きつけられ、怒張が強烈に膣奥を抉《えぐ》った。

凄まじい快感が突き抜けていき、後ろ手縛りの身体が乳房ごと大きくのけぞってしまった。

「おい、もう好きにしていいぞ」

香純の肩を押さえながら、リーダーが五月の前にいる軽い口調の男に、目出し帽の顔を向けて叫んだ。

「やったあ」

軽い男は歓喜して跳びはねながら、五月のワンピースを完全に引き裂き、ナイフの刃をパンティに入れて切断した。

「ひ、いやああ」

五月は悲鳴をあげているが、両腕は背中で、脚はMの字に縛られた状態では抵抗などできるはずもなく、女のすべてをあっという間に晒している。

丸みをもった美しい巨乳も、少女のように陰毛の薄い下腹部も丸出しだ。

「へへ、いただきます」

恐怖に細身の太腿を震わせている五月の股間に顔を寄せ、軽い男は硬くしっかりと閉じているピンクの裂け目に自分の口を押しつけた。

「いっ、いやあ、あああ」

剝き出しの股間を男の舌がなぞっていき、五月は蒼白になった顔を激しく横に振って泣き叫んでいる。

男を知らない妹にとっては、そこを舐められるというのは、地獄のような行為なのだろう。

「やめて、五月、ああ」

妹を救おうと、香純は必死で立ちあがろうとするが、リーダーの男に強い力で肩を押さえつけられて封じられた。

「お姉さん、妹さんの貞操を守りたかったら、こいつらを満足させることです。ふたりを射精させた時点であいつを止めますよ。おいっ、お前もこい」

リーダーは、切れ長の瞳から涙を溢れさせる姉にそう囁いた。

そして、三脚の上のカメラの操作している、もうひとりの子分を呼び寄せた。

「お前は口でしてもらえ、さあ、お姉さん、がんばってふたりを悦ばせるんです」

リーダーの指示どおりに、もうひとりの子分は香純の目の前で肉棒を取り出した。

こちらもすでに勃起していて、亀頭が天井のほうを向いて反り返っていた。

「そ、そんな……ああ……ひどすぎます」

夫のモノを少しくらいは舐めた経験があったが、目の前の逸物はあまりにも禍々《まがまが》しかった。

ここまで性器を出した三人とも夫よりもサイズが大きく、硬さも遥かに上をいっているように思える。

唇が小さめの香純の口に、こんなモノが入るとは思えなかった。

「いいのですかね、こうしている間にも妹さんのアソコは濡れて、あいつのモノを受け入れる体勢になってしまいますよ」

リーダーは目出し帽の顔を五月の股間を舐める軽い男のほうに向けた。その会話が聞こえていたのか、軽い男は激しく頭を振って五月の秘裂を舐めだした。

「ひいいい、いやあ、もう許してください」

同時に五月の絶叫も大きくなる。五月が感じているようには見えないが、この男たちは妹の気持ちなどおかまいなしに自分が入れたくなれば、いきり勃った怒張を処女の中に押し込むだろう。

「わ、わかりましたから、ん、んん」

男に跨がったまま、香純は顔を横に向けて、ふたり目の子分の肉棒をチロチロと舌で舐めはじめた。

男のすえたような香りが舌に広がり、嫌悪感に包まれる。

「そんな舐め方じゃ、いつになっても出ねえよ。口の中に入れて強くしゃぶってくれよ」

香純を見おろしながら、男はそう言い、自ら腰を前に突き出した。

「んんん、ふぐ、んんんんん」

小さめの香純の唇に巨大な亀頭が押しつけられる。夫とは比べるべくもない硬さのそれがそのまま口内に侵入してきた。

顔を背けようと思えばできたかもしれないが、妹を救いたい、その一心で耐えて忍んでいた。

「おお、気持ちいいぜ、お琴の先生の口の中は」

目出し帽の穴の口元をほころばせて、男は気持ちよさげにしている。

香純はもうすべてを振り切るように、その肉棒を強くしゃぶりはじめた。

「んん、んく、んんん、んんん」

さらに強い男の香りが口内を満たしていく。肉棒はもう喉のほうにまで入ってきていて、香純はむせかえりそうになる中で懸命に頭を振っていた。

「激しくていいフェラチオですねえ、さすが人妻だ」

血管の浮きたった怒張を、清楚な唇の中に受け入れしゃぶる美夫人の姿を、リーダーは嬉々としながら撮影している。

至近距離で浴びせられるフラッシュの眩しさが、このつらさを少しはましにしてくれるような気持ちに、なぜか香純はなっていた。

「俺のことも忘れないでくれよ」

頭がぼんやりとしてきたそのとき、下から勢いよくもう一本の怒張が突きあがった。

「んんん、んくう、んん、んんんん」

膣奥に強烈な衝撃を受け、香純の白く肉感的な身体が跳ねる。

縛られた上半身の前で、いびつに歪んだ乳房がブルブルと躍った。

「んん、んく、んんんんん」

それでも香純は口の中の肉棒を懸命にしゃぶりつづける。かなり深くにまで肉棒を飲み込んで頭を動かした。

（ああ……私、ふたりの男の人に犯されている）

呼吸が苦しくて頭がぼんやりとしてくるなか、香純はそんなことを思っていた。

口と媚肉に硬いモノを受け入れ、それを写真に撮られつづけている。もう自分は終わりだ、そんな感情に胸の奥が支配されていく。

「んん、んく、んんんん」

すると被虐心のようなものがわきあがり、縛られた身体がさらに燃えさかっていくのだ。

なぜなのか香純自身にもわからない。ただもう考えるのもつらい。

（ああ……早く終わって……ほしい……）

終わらせたいと思うのは上下を肉棒で塞がれたこの時間がつらいからなのか、それともこれ以上、淫らな自分を知るのが恐ろしいからなのか。

「あ、いやっ、だめ、ああ、くうう、ひい」

頭の芯まで痺れていく香純の耳に、ソファのほうから絶叫が聞こえてきた。

軽い口調の男が五月のM字開脚の両脚の前に膝をつき、剝き出しの肉棒を処女の秘裂に押し込んでいた。

「いやあああ」

凄まじい絶叫が響くなか、肉棒が薄桃色の女の裂け目に押し込まれていった。

(ああ、五月、ふがいないお姉さんを許して)

もう自分にはどうしようもできない。全身が痺れきっていて男の腰を跨いだ両脚を動かすことすら叶わない。

妹を思う気持ちにかわりはないが、どうしようもない。処女を貫かれて泣き叫ぶ妹の姿から目を背けるように香純は目の前の肉棒に吸いつくのだ。

「おお、くうう、激しいよ、お姉さん、うう、出すぞ」

肉棒を舐められている男が香純の頭を摑んで腰を震わせた。同時に口内で怒張が膨張してビクビクと脈動した。

「んん、んくう」

熱くて粘っこい精液が香純の喉に近い場所で放たれた。もちろん口で男の精を受け止めるなど初めての経験だ。

ほとんど喉を塞がれているような状態なので、吐き出すことも叶わずに精液を飲み干していくしかない。

(これは私の罰……)

男臭のきつい液体が胃の中の注ぎ込まれていく。妹を救えなかった自分は全身を汚されても仕方がないと香純は思っていた。

「ふう、よかったぜ、お姉さん」

たっぷりと射精して男は満足したのか、肉棒を香純の口内から抜き取った。

溢れた精液が形の整ったピンクの唇から白い糸を引いて滴った。

「こっちもいるぜ、そろそろ限界だ」

こんどは下にいる男が腰を大きく使って、自分の股間を香純の豊満な桃尻にぶつけてきた。

「あ、あああ、はあん、あ、あああ」

開放された唇から妖しい声をあげて、香純は大きくのけぞった。

全身の感度がさらにあがっている感覚があり、縄にくびり出された巨乳の先端にある突起がズキズキと疼いていた。

「いい顔になりましたね、お姉さん。気持ちよさそうな」

香純の肌はピンク色に上気し、全身から匂い立つような淫気が立ちのぼっている。

丸みのある白い顔を歪めてよがり泣く美夫人を、リーダーが声をうわずらせながら撮影していった。

「あああ、たまらないわ、ああ、はあああ」

乱れた身体に浴びせられる白い光が、香純の気持ちをさらに崩壊させる。

もうやけくそになった思いで香純は、汗に濡れた豊満な桃尻をよじらせた。

「おおお、もうイク、おおおお」

そして下の男が叫びながら怒張を強く突きあげた。

「ひ、ひいん、あああっ」

香純も悲鳴に近い声をあげながら背中を弓なりにした。男の腰を挟んだ太腿にギュッと力が入り、艶やかな肌が大きく波打った。

「うう、出る」

怒張が膣内で脈動し、熱い精が放たれる。若い男の精液は大量で勢いもよく、香純の奥をあっという間に満たしていった。

「ああ……」

膣奥に男の精が染み入ってくるのを感じながら、香純はがっくりと頭を落とした。

地獄の底にまで堕ち、もうきっと戻ってこられない。そんな思いだった。

「ふふ、お嬢さんの処女、ごちそうさま」

そしてソファの前で、軽い男が満足げに笑って身体を起こした。

呆然とした表情になっている五月のM字開脚の股間から、処女の証《あかし》である鮮血が滴り落ちていった。

第二章　凌辱写真の羞恥

　恐ろしい強姦魔たちは、香純と五月の実家の住所まで把握していて、もし警察に通報したりしたら写真を実家の周りでばらまき、さらに夫の弟子筋の人間のところにも送りつけると脅して去っていった。

「ああ、お姉さん、私、どうしたらいいの、こんなことになって」

　暴風が去った幸村邸で、五月は姉にすがりついて泣きじゃくった。香純はそんな妹に声をかけることもできずただ抱きしめるだけだった。

　本来ならすぐにでも警察に通報しなければいけないのかもしれない。ただもうひとりの被害者である光恵の言った言葉に、姉妹はさらに恐怖し、夫にすら報告することができなかった。

「私の知り合いが同じような裸の写真を撮られて脅されていたのですが、その子は勇気を出して通報しました」

光恵は昔、自分の後輩もレイプされて写真を撮られたことがあると言った。

「犯人たちは逮捕されたのですが、そうなったときに写真をばらまくように別の仲間に段取りしていたらしいのです」

そして犯される姿の写真が、その後輩の隣近所や学校にばらまかれたと言うのだ。

結果、本人は失踪し、家族も一家離散してしまったらしい。

「ああ……お姉さん、そんなことになったら私、生きていけないわ」

そう言って姉の胸に顔を埋《うず》めて五月はさめざめと泣いた。

香純にとっても、あんな写真をばらまかれるのは死に等しかった。自分だけの問題ではない、日舞の家である実家、そして三味線の流派を持つこの幸村家も取り返しのつかないことになってしまうのだ。

「ああ……」

あの日から二週間が経った。その後、犯人たちからはなんの接触もない。

もちろん安心した日々を過ごしているわけではなく、この間、実家から電話があったときも、写真がばらまかれたのかと香純は生きた心地がしなかった。

（あのとき……私は……）

実家からの電話は別件で、香純は胸を撫で下ろした。だが香純は写真のこと以外にも心をさいなまれていた。

（強姦にあいながら私は……）

あの日、自分は確かに女の快感に溺れていたように思う。屈辱と混乱の中で意識も虚ろになるなか、ただひたすらによがり泣いた。

それは夫との行為や過去の恋人との一夜を遥かに凌駕《りょうが》していた。

自分は禁断の果実を口にしてしまったのだろうか。もう貞淑な妻ではなくなったのか、香純はつらくてひとり涙する夜もあった。

「奥様、お客様です」

台所にひとり立ち尽くし、もういっそ死んでしまいたいとさえ考えていた香純は、お手伝いの光恵の声にはっとなった。

彼女は気丈なのか、あの日からも変わらぬ態度で働いてくれている。

「ど、どなた……」

客と言われて香純はどきりとした。またあの強姦魔たちが現れたのではないのか、そう思うと、今日はえんじ色のワンピースを着た身体がすくんだ。

「木塚《きづか》という男性です。奥様とは以前にお会いしたことがあるとおっしゃっておられます。いまは門のところでお待ちいただいてますが、いかがしましょうか」

光恵はこれも以前と変わりない、淡々とした口調で言った。

「え、木塚さん、いったいどうして」

木塚幸司《こうじ》は、以前に幸村流の師範が一堂に会する演奏会を開いた際に、協賛として名を連ねた一社の経営者だ。

「かなりあくどい金儲けをしているらしくてな、ほんとうは断りたかったのだが」

演奏会後に行われた懇親会で彼と挨拶を交わした夫によれば、木塚はいわゆるサラ金の経営者で、激しい取り立てをして大勢の人々を泣かせているとのことだ。

幸村流の後援会の会長である議員の紹介であったから、仕方がなかったらしい。

「おお、お綺麗な奥様ですなあ」

挨拶のとき、彼は初対面であるだ香純の、和服の足元から黒髪をまとめた頭までを舐め回すように見つめてきた。

欲望にギラついているようなその目が下品で、香純はたちまち嫌悪感を抱いた。

容姿のほうも頭が禿げあがり、お腹も突き出ていて、さらには場にそぐわない派手目なスーツを着ていたから、よけいにそう感じたのかもしれなかった。

「できればお会いしたくないのだけど」

この前の一件から、外に出て知らない男性とすれ違うだけでも、香純はどこか緊張してしまう。

木塚だからというのではなく、いまは夫以外の男性と会うのは避けたかった。

「それが木塚さんはご相談だというのです。幸村流にとって大事な話だと」

断ろうとする香純に光恵が困った様子で言った。

「大事な……でもそれなら主人と」

夫の伸一郎はいま、北海道にある弟子たちの教室を巡回指導している。

ホテルなどの連絡先は把握しているが、木塚の話の内容も聞かずに対応を願い出るわけにはいかない。

宗家である夫が不在の際は、妻の香純が宗家代理として物事に当たるのが、この世界では当たり前だからだ。

「わかりました。でも光恵さん、不安だからドアの外にいてね」

「はい、任せてください」

光恵はしっかりと香純を見つめて言ってくれた。前回はいきなりナイフを突き立てられたらしく、あんなことになってしまったが、やはり彼女の強さは頼りになる。

「では、応接室でよろしいでしょうか？」

「ええ」

緊張気味に頷《うなず》き、香純は洋服のときは下ろしている黒髪を整えに、寝室へ向かった。

今日はグレーの真面目そうなスーツを着た木塚と、香純は玄関の横にある応接室のソファで向かい合った。

「毎日、蒸し暑いですな」

ソファに座り、木塚は扇子で脂肪がついた顔を扇ぎながら、香純のほうをちらりと見た。

「和服のときとはずいぶんと感じが変わりますな。ふふ、それでもやはりお美しい」

木塚はやけにギラついた目を、えんじ色のワンピースを着て対面のソファに座る香純に向けた。

長いストレートの髪は肩まであり、丸顔で切れ長の瞳をした香純にはよく似合っている。

美しい人形を思わせる佇《たたず》まいの人妻を、木塚は舐めるように見つめてきた。

(あの人たちと同じ目……)

木塚の血走った目が、あの日、目出し帽の穴から覗いていた強姦魔たちの瞳と同じに見えた。

嬲り抜かれた恐怖が蘇《よみがえ》り、香純は身をすくませた。

「それで木塚さん、今日のご用件はどのような……」

逃げ出したい気持ちになるが、光恵もドアの外の廊下で待機してくれている。

心を奮いたたせて香純は、でっぷりと太った金貸し男に顔を向けた。

「これは失礼。奥様は私の仕事をご存じでしょうか」

木塚のほうも香純を見据えたまま、足元に置いてあった自分のカバンを手にした。

「え、ええ、確か金融業をしていらっしゃるとか」

まさか悪徳金貸しなどと言うわけにはいかず、香純はそんな言葉を使った。

「まあ、そうです。ただあまり綺麗な仕事というわけではない。本来なら幸村の奥様とこうして話すのもはばかられるような人間ですわ」

急に冗談ぽく言って、木塚は自分のかなり禿げた頭をぴしゃりと叩いた。自分からそんなことを言った中年男に香純は少々面食らった。

「汚い仕事をしているぶん、いろいろな人間と接触する機会もありましてな。先日、けっこうな大金を融通している男たちが返済をしてくれないので家にまで行ったら、このようなものを見つけまして……」

木塚はひとりでしゃべりながら、カバンの中から大きな封筒を取り出した。その中身を香純と自分の間にある、木製応接テーブルの上にぶちまけた。

「ひっ」

それは数十枚にも及ぶ写真だった。そこには裸の女が映っている。目を背けたくなるような淫猥な写真を見た瞬間、香純は切れ長の瞳を見開いて絶句した。

普通よりも大判のカラー写真の中にいるのは、巨乳を縄で絞り出された自分自身だったからだ。

「どうやら奥様には思いあたるふしがおありのようですな」

えんじ色のワンピースの身体を震わせる香純を見て、木塚がにやりと笑った。その笑顔が悪魔の微笑みのように見え、香純は頬を強ばらせた。

「これを持っていたのはどなたでしょうか？」

「それは言えませんな、我々には顧客の情報を守る義務がありますので。まあ、そうとうにワルなやつらとだけ言っておきましょうかね」

震える香純に対し、木塚は余裕の笑みを見せている。

「ご心配なく。そいつらには持っている写真は全部出せと言いましたし、ネガもすべて回収しました。そのかわりとしてこちらは借金を帳消しにしたうえでいくばくの金も払いました。もし嘘をついて他の写真を隠し持っていたら、それ相応の罰を受けると一筆も書かせたうえでね」

香純のような人間は知らないだろうが、もし約束を破ったらとことんまで追いつめて処罰する、彼らのような人間の中での契約だと木塚は付け加えた。

「で、この写真、どのように扱いましょうかと思いまして、今日はご相談にうかがったわけです」

ソファから太った身体を乗り出し木塚は言った。太い指の彼の手がいまにも香純の身体に伸びてきそうだ。

「す、少しお待ちください。家政婦がドアの前にいると思いますので、人払いをしてから」

「ええ、かまわないですよ」

木塚が頷いたのを見て、香純はソファから立ちあがった。膝よりも下のスカートから覗く白い脚がブルブルと震えていた。

「光恵さん、大丈夫そうだから、外していてもらえるかしら」

応接室のドアを開いて顔だけを出して香純が言うと、光恵は怪訝《けげん》そうな顔をしながらも、はいと頷いて廊下を歩いていった。

「それで、この写真、おいくらほどで買い取らせていただければ」

悪徳金貸しのこの男がこっそりと持ってきたということは、買い取った金額に上乗せをして利益を出すのが目的だろう。

再びソファに腰を下ろしながら、香純はそう言った。結婚時の持参金にも手をつけていないし、琴の教室での指導で得たお金もあるので、夫に秘密にしてもそれなりの金額は用意できるはずだ。

「ははは、そんな野暮なことを言うためにわざわざ来ませんよ。ふふ、あの清楚な幸村流の奥様が意外なお楽しみをお持ちだと知って話を聞いてみようとやってきたのです、私も嫌いなほうではないですからな」

あらためて木塚は香純のワンピースを着ていてもわかる、肉感的な身体に目を這わせてくる。

その目線は虫が這い回るような感じで、こんどは肌がヒリヒリとしてきた。

「そ、そんな、このときは無理やりに犯されたのです。それも写真まで撮られて」

香純は目に涙を浮かべながら木塚に訴えた。まるで自分が望んで男たちに貫かれていたような言い方をされ、憤《いきどお》りを覚えた。

「そうなのですか。それは申し訳ない。ただ私はこれを聞いて、奥様もかなりお楽しみであったと推測したのですよ」

謝りながらも顔はずっとにやついたままの木塚は、カバンから小型のテープレコーダーを取り出した。

テープがすでに入っているそれの再生ボタンを押した。

『気持ちいいんですか、お姉さん』

『あっ、あああ、たらまらないわ、あ、ああああん』

小さなスピーカーから男の声と女の喘ぎが聞こえてきた。

少し音質は悪いが、艶のある声が自分のものだとすぐにわかった。

「い、いや、止めてください、いやあ」

香純は慌ててテーブルに手を伸ばすと、テープレコーダーの停止ボタンを押した。

応接室に響き渡る喘ぎ声が止まった。強姦魔たちはこっそりと録音までしていたのだ。

「その反応ということは、これが奥さんの声であるのに間違いはないですな」

木塚は香純の顔に自分の顔を近づけてきた。ギラついた目から切れ長の濡れた瞳を背けながら香純は頷いた。

これだけ狼狽《ろうばい》した姿を見られたのだから、ごまかしても無駄なように思えたからだ。

「ですので、お金は必ずご用意いたしますので、あっ」

もう一度、買い取らせてほしいと願い出た香純のテープレコーダーの上にあった手に、木塚は自分の手のひらを重ねてきた。

「あっ、いや」

反射的に手を引こうとする香純だったが、木塚に強く握られてしまった。

「私はね、奥さん、この写真を見てから興奮が止まらんのです。生でこの写真の中の奥さんの姿を見たい、それができるのなら金など惜しくない」

香純の右手を両の手のひらで包み込むようにしながら、木塚は懸命に訴えてきた。

「い、いやです、私には夫がいるのですよ」

「わかっております、数回、いや、二回か三回くらいでいい、私にその身を預けていただけませんでしょうか」

なよなよと首を振る香純に木塚は必死の形相《ぎょうそう》で訴えてくる。

「私のような男に迫られていやなのはわかっております。ただ願いを叶えていただければこの写真はお渡しし、いや目の前で燃やして灰にしてもかまわないですから」

木塚は両手にさらに力を込め、なにとぞなにとぞと繰り返した。

「ああ、ほんとうに数回、身を任せれば写真をすべて渡していただけるのですか？」

もちろんだが、こんな男に身体を好きにされるのは耐えがたい。ただいまも視界に入る多数の写真、その中には光恵や五月が犯されているものもある。

自分が数回耐えれば、彼女たちの心をいまも蝕《むしば》んでいる淫猥な画をこの世から消し去れるのだ。

「もちろんですとも。お約束します」

満面の笑みを浮かべた木塚は、香純の手を握ったままペコペコと頭をさげた。

「お約束していただけるのなら、私も覚悟いたします……わ……」

いまもスカートの中の膝は震えている。ただもう死んだ気になって耐えるしかないと、香純は目を閉じて天を仰ぐのだった。


木塚との密会の日は夫がいない日でなければならず、二週間後の木曜日となった。

その週の夫の伸一郎は、九州で行われる演奏会に参加のため泊まりで出ている。

「ああ……」

北海道から夫が戻っても、香純は顔をまともに見られない。強姦魔たちに汚されたあげく、またさらに悪徳金貸しに身を委ねようとしているのだ。

申し訳ない思いにさいなまれ、なんども真実を告白して助けを請おうと思うが、木塚が機嫌を損ねて、あの写真を実家の近くでばらまくことを想像すると、どうしても口を開くことができなかった。

平日の昼さがり、夫も五月も、そして光恵も買い物でいない居間でひとりつらさに唇を噛んでいると、電話が突然鳴った。

「はい、幸村でございます」

最近は電話に出るのにも恐怖心を感じるが、誰もいなければ香純が取るしかない。黒光りする受話器を手にして香純は青ざめた頰の横にあてた。

「奥さんですか、木塚です。もう約束の日は明後日となりましたが、お心に変化はないでしょうか?」

受話器の向こうから聞こえてきた声はその悪徳金貸しだった。

「もう覚悟は決めておりますわ、木塚さん。それよりもうあまりお電話はかけてこないでほしいとお願いしたじゃないですか」

木塚がやってきてから今日まで十日と少し、彼はなんどかこうして確認の電話をよこしてきていた。

約束したときは恐縮気味になんども礼を言っていた彼だったが、あとから時間は昼間から夜遅くにまでしてほしいとか、和服用の下着は身につけずに来てほしいとか、いろいろと要求をしてきていた。

「まだこれ以上、私になにかご要望があるのですか？」

どんどん横柄になる木塚に香純も辟易《へきえき》としていた。昼間とはいえ、夫が自宅にいる場合もあるし、光恵にも彼と話しているとなにをしているのかと怪しまれてしまう。

「申し訳ないですな、これ以上、奥さんになにもさせるつもりはございません。ただこの前に質問しました、強姦魔たちに責められたときの奥さんの心境について、当日までにどうしても確認しておきたいと思いまして」

なんど目かの電話の際、木塚はあらためてと言いながら、あの録音テープを聞く限り、香純が強姦されながら女の快感に浸っていたのではないかと質問をしてきた。

「そんなひどすぎますわ。無理やりに犯されて感じていたなどと、失礼にもほどがあります」

香純は即答でそう言い返した。ただその答えを返しながら背中を冷たい汗が流れていくのを感じていた。

あの日、夫よりも硬いと感じた若い肉棒に、全身が熱く燃えさかっていた。その自覚がはっきりと香純自身にあったからだ。

「もう電話をお切りしてもよろしいでしょうか？」

木塚にそれを察知されていると思うと生きた心地がしない。話しているとさらに見破られそうで、受話器を離そうとした。

「最後にひとつ。では明後日は奥様は私との行為を楽しむつもりはないのですかな」

「もっ、もちろんです。私は幸村の妻ですから」

とんでもない言葉まで浴びせてきた木塚に香純は声を荒げた。五月や光恵がいたらなにごとかと驚くような大声だった。

「けっこう、ならば私は奥さんが楽しんでもらえるように、女の顔になっていただけるように最大限の準備をして迎え入れます。奥さんは不平を言わずに私に身を任せる、というお約束でよろしいですな」

もうなんども同じような会話をしていると思うが、木塚はさらに念を押すように言ってきた。

「それでけっこうです。お約束しますわ」

もう香純のほうも売り言葉に買い言葉のような感じで答え、受話器を置いた。

「ああ……」

彼がどんな淫らな手法を考えているのか香純は予想もつかない。恐ろしさに身体に力が入らなくなり、香純はへなへなとその場にへたり込んだ。

いくら恐ろしくとも、時間は無慈悲に経っていく。ついにやってきたその日、香純は白地に紺色の絵柄が染められた和服に深緑色の帯を締め、自宅を出た。

「では光恵さん、もうしわけないけれど留守をお願いしますね」

彼女と妹には、今日は琴の講師をしている仲間の会合があり、そのあとは懇親会がわりの夕食会があるので遅くなると告げている。

もちろんそれは嘘だ。これから悪魔のような高利貸しの待つ料亭に行かねばならないのだ。

「はい、奥様。いってらっしゃいませ」

幸村家の門の前まで見送りに来て、光恵がタクシーに乗る香純に頭をさげた。

タクシーの後部座席のドアがバタンと閉まる。その音すらも香純は鉄格子の扉が閉じる音のように聞こえるのだ。

（ああ……）

流れていく景色も今日は灰色に見える。どんな目にあわされるのか、想像するのもつらく、いまにも涙が溢れそうだ。

途中、車を止めてくださいという言葉をなんども飲み込んでいる。電車に飛び乗ってどこかに逃げられたらどれだけ解放されるだろうか。

ただその選択ができないことも香純はわかっていた。

「幸村様ですね。木塚様は離れのほうでお待ちです」

都心にあるかなり大きな料亭の門の前にタクシーが到着すると、男性が出てきて香純を出迎えてくれた。

木塚はこの料亭の共同経営者らしく、ふだんは夜しか営業していないが今日のために特別に開けさせたと言っていた。

「はい……」

男性はスーツ姿で丁寧な感じだ。料亭というよりは高級ホテルのフロントマンのような立ち振る舞いだ。

玄関や廊下も見事な和風建築で、一目見ただけでここが高級な料亭だとわかる。

「足元にお気をつけください」

白足袋の足を進めて香純は男性のあとを歩いていく。広い庭に面した長い廊下の奥までいくと、そこから木製の板の橋が架けられていて、下には鯉が泳ぐ池がある。

橋を渡ったところには小さな木造の建物があった。

「私はここまでと仰せつかっております。木塚様はあちらの離れでお待ちです」

橋の手前に立ち、男性は丁寧に頭をさげた。

「ありがとうございます」

香純は静かに歩を進めて、手すりすらない板の橋を渡り、離れの入口である障子の前に立った。

すると背後でギイーという木の音が聞こえて振り返った。

「ああ……」

母屋《おもや》のほうで案内してくれた男性が縄を引っ張っていた。香純が渡ったばかりの板の橋が母屋側に持ちあがっていく。

逃げ道すら塞がれてしまった。香純はいよいよ逃げることすら叶わないと、唇を震わせる。

(地獄の時間に耐え抜くしか私に道はないのだわ)

退路すらも断たれた自分には、もう前に進むしかない。せめて木塚の言う、無理やりに犯されて感じたりする女にならないことが唯一の道なのだと香純は心に決め、目の前の障子をゆっくりと開いた。

「はっ」

心乱すことなく夜まで耐えようと決めた香純だったが、障子《しょうじ》を開くと同時に切れ長の瞳を見開いて息を詰まらせた。

「待ちかねておりましたよ、奥さん。さあ、そんなところにつっ立っていないで中に入ってくださいよ」

今日はなぜか和服姿の木塚が声を弾ませて、立ちあがった。

香純が驚いたのは彼に対してではない。床の間のしつらえられた十畳ほどの和室の中には木塚以外にふたりの中年男が座っていたからだ。

「き、木塚さん、この方たちは」

「まあまあ、それはちゃんと説明します。さあとりあえず中に入って座ってください」

入口で頬を強《こわ》ばらせる香純の手を引いて、木塚は無理やりに中に入らせ、男のひとりが持ってきた座布団のうえに座らせた。

「こちらは佐倉《さくら》さん、運送会社を経営されてる社長さんです」

部屋には酒やつまみが並んだ座卓が置かれており、それを挟むように男ふたりが座っている。ゴルフウエアのような服装をした左側の男性を木塚がそう紹介した。

「もうひとりは松村《まつむら》さん。細かいことは言えませんが大学の教授さんですよ」

続けて木塚は、スーツに眼鏡の固そうな感じの左側の男を紹介した。

「よろしく、奥さん」

佐倉と松村は声を揃えて挨拶をした。ただその目はずっと白地に紺の絵柄があしらわれた和服の香純の身体に注がれている。

その野獣のようにギラギラとした瞳が、彼らもまた、木塚と同じ種類の人間だと感じさせた。

「なぜ他の男性がいるのですか、木塚さん。約束が違います」

いちおう座布団には座ったものの腰を浮かせながら、香純はそばに立つ木塚を見あげた。

「約束？　奥さんに私ひとりだと一度でも言いましたでしょうか」

逆に質問を返しながら、木塚はジロリと香純を見つめてきた。その修羅場をくぐった高利貸しの顔に香純は背筋が震えた。

蜘蛛の巣に飛び込んできた蝶がもう逃げられないと確信し、一気にその牙を剝き出しにする蜘蛛のように見えたのだ。

「私は申したはずです。奥さんに女の顔になっていただけるように最大限の準備をさせていただくと。奥さんもそれでいいとおっしゃったじゃないですか」

「それとこの方たちとなんの関係が」

　確かに売り言葉に買い言葉でそんなことを言った記憶があるが、関係のない人間がここにいるのとなんの関係があるというのか。

「このふたりは私の色事仲間でしてね、私ひとりでは奥さんの本性を剝き出しにできるか心許《もと》ないので、協力を仰いだのですよ。これが最大限の準備というやつですわ」

　手前勝手な理屈を述べながら、木塚は香純の横にしゃがみ、白く艶のある頰の顔を覗き込んできた。

「本性……そんな……」

　要は男三人がかりで香純を嬲りものにしようというのだ。木塚のあまりの行いに香純は絶句してしまう。

「もうここまできたんだ。奥さんも覚悟を決めてくださいよ。写真の買い取り代金だってけっこうな額だったんですからな」

　ドスをきかせた声で木塚は香純に顔を近づけて迫ってきた。悪徳金貸しの顔はどんどん険しくなり迫力を増していた。

「奥さん、こう言ってはなんだが、この場がお開きになっていちばん困るのはあなた自身ではないですかな」

横から眼鏡の松村が口を挟んできた。大学の教授というだけあって木塚とは違い、静かな口調だ。

ただの冷静な言葉が香純の心を追いつめていく。写真や録音が木塚の手元にある以上、この男たちの機嫌を損ねるわけにはいかないのは香純のほうだ。

「別に我々はあなたを殴ったり蹴ったりしようというわけではないですよ。まあ奥さんにそういう趣味があるというのなら別ですがね」

続けて運送会社を経営しているという佐倉が冗談めかして言った。

「なっ」

殴られて楽しむ人間などいるものかと、香純は目を見開いた。同時にこの男たちは自分の持つ常識からはかけ離れた人間なのだと思い知った。

(耐えるしかない)

香純は唇を噛みしめ、座布団の上に正座したまま顔をあげた。そのとき、座卓の上にある料理や酒が目に入った。

「それはお酒でしょうか？　よろしければ私にも一杯いただけますか」

嬲りものとなる覚悟を決めてここにきたのではないのか。すべてを終わらせるにはとにかく耐え抜くしかない。

こうなれば自分も開き直って、彼らの毒牙にかかってやろうと、半ばやけくそな思いに香純はなっていた。

「おっ、いける口ですかな、奥さんは」

佐倉がテーブルの上にあった空のぐい呑みに日本酒を注ぎ、香純に手渡してきた。

「いいえ、ふだんはまったく飲みませんわ」

はっきりとした口調でそう言ってから、香純は小さめの唇にぐい呑みをあて、一気に飲み干していった。

おちょこよりも大きいぐい呑みで量も多いので、一瞬で身体がカッと熱くなった。

「いい飲みっぷりですぞ、奥さん。ふふ、美人は飲んでいる姿もいやらしい、ではそろそろ始めていただけますかな」

空になったぐい呑みを香純から受け取った木塚は、白地に紺の柄が描かれた和服の肩を軽く叩いてから立ちあがり、座卓の前に戻っていった。

「な、なにをすればよろしいのですか?」

覚悟を決めたつもりではあるが、やはりまだ身体の震えは止まらない。

ただじっとしていてもなにも進まないと、酒のせいが少し潤んできた瞳を、香純は木塚に向けた。

「奥さんは強姦魔たちの前で自ら服をお脱ぎになったのでしょう。それを我々の前でも見せてほしいのです。録音はありましたがその部分の写真はなかったのでぜひ見たいのですわ」

木塚がにやりと笑って言うと、佐倉と松村がそれは大胆だと声を弾ませた。

「もちろん無理やりだというのはわかっておりますよ、ふふ、どうしてもいやだというのなら我々がお手伝いしてもかまいませんがな」

笑顔ながらも圧力をかけるように木塚が言った。

「必要ありませんわ、自分で脱ぎます」

大胆などと言われて納得がいかない部分もあるが、もうこんな問答をいつまで続けていてもきりがないと、香純は立ちあがった。

「それでいいのです。この空間はあなたがふだん生きている世界とは別の世界だと思ってすべてを晒せばいい」

帯留めに手をかけた香純に松村がそんなことを言った。無茶な話だとは思うが、そういうふうに考えれば少し気が楽になる。

この離れで行われることはあくまで夢の世界での出来事なのだ。目が覚めたらすべて消え去るものなのだ。

そう言い聞かせながら、香純は深緑の帯を解き白地の着物も脱ぎ捨てた。

「ああ……」

ただ朱色の長襦袢姿になると、やはり手が止まってしまう。これを脱いだら肌が露出しこの野卑な男たちの前に晒される。

決めた覚悟も揺らぐ。ただ男たちはじっと黙り、目を輝かせて畳に立つ尽くす香純を見あげている。

「そんなに見つめないで」

あまりの恥ずかしさに頬が熱い。ただこの沈黙が香純にもう逃げられないと告げている。

震える手で長襦袢の紐を解き、肩から滑らせた。

「おおっ、隠すのはなしですぞ、奥さん」

白く華奢な肩から朱色の布が落ちていき、香純の身体はピンク色の腰巻きだけの姿となった。

たわわな乳房がついに姿を現し、男たちが身を乗り出した。

「写真で見るより大きくて美しいですね」

「色形も素晴らしい」

佐倉と松村も目を剝いて腰巻き一枚の白い身体の前で、小さく揺れている巨乳に見惚れている。

静脈が浮かんだ下乳に重みを感じさせる肉房全体が見事な丸みを保ち、色素が薄い乳頭部は斜め上を向いている。

ただ乳輪部がぷっくりと盛りあがっている感じが、大人の女の色香を感じさせた。

「見事なおっぱいですな、奥さん。何人の男をそいつで虜にしてきたのかな」

もうヨダレを垂さんがばかりに顔を崩しながら、木塚も太った和服の身体を乗り出し、手を香純の乳房に伸ばそうとしてきた。

「いっ、いやっ」

隠すことを禁じられて両腕をだらりと落としたまま立っていた香純だったが、木塚の手を振り払うように身体をひねり、畳の上にしゃがみ込んだ。

「奥さん、いつまでもグズグズと。わがままがすぎますよ」

自分の手から逃れ、両腕を乳房の前で交差させて背中を丸くする香純を、木塚がいい加減にしろとばかりに怒鳴った。

「木塚さん、いいじゃありませんか。恥じらい深い奥さんなら、隠せないように開いてあげるのが我々男のたしなみだ」

横から顔を出してにやりと笑った松村は、いら立つ木塚にそう言ってから自分のカバンに手を入れた。

大きめの革バッグから何本かの縄束を取り出し、それらを畳の上に放り投げた。

「ひっ、いやっ」

どす黒い縄の束。縛りあげられて強姦された記憶が香純に蘇《よみがえ》る。

畳に腰巻きの中の膝をついたまま、男たちに白い背中を向けた香純の腕を木塚が力任せにひねりあげた。

「くっ、やめてください、いやっ」

艶やかな肌の両腕が染みひとつない背中側にひねられる。重ねられた手首に松村がしっかりと縄をかけた。

「私はこうして女性を縛るのが好きなのですよ。奥さんの縛られた写真を見せてもらったときは興奮で眠れませんでした」

松村は声をうわずらせながら香純の身体にどんどん縄掛けをしていく。乳房の上下に幾重にも縄が回され巨乳が絞り出される。

さらにはウエストにも回され、最後に首の後ろから縄掛けされ胸縄が絞られた。

「くう、いやっ、うう」

巧みな縄掛けで香純の上半身はがっちりと固定された。両腕は背中にはりついた感じで一ミリも動かせず、乳房もいびつに歪まされて苦しかった。

「さあ、立つんだ奥さん」

上半身を何本もの腕で締めあげられているような感覚に喘ぐ香純を、木塚が立ちあがらせる。

「ああ、いや、なにを」

ちょうど後ろ手の手首のあたりを木塚に摑《つか》まれているので、腕を引っ張りあげられた香純は痛みに抵抗もできずに背筋を伸ばす。

その横で佐倉も縄束を手に立ちあがる。意外に長身の佐倉はさらに背伸びをして、この離れの天井の下を横切っている大きな丸太の梁に縄を結びつけた。

そしてその反対側を香純の手首を拘束している縄に縛りつけていく。

「ああ、だめ、ああっ」

香純は後ろ手縛りのまま吊された状態となった。縄の長さが調整されどうにか畳に踵《かかと》がついている状態だ。

「さあ、お次はこちらですよ」

佐倉はもう一本長い縄を取り出し、香純の足首を縛りあげた。そしてその縄を梁《はり》に通し滑車の要領で強く引いた。

「あああ、いやああ」

香純の悲鳴と共に白足袋の左足が持ちあがっていく。

腰巻きの合わせ目から肉づきのいい白い脚が姿を現し、真横に向かってピンと伸びた位置まで引きあげられた。

「い、いや、こんなの、ああ、許して」

二本の縄で縛られた上半身と左脚を吊りあげられ、香純はなよなよと首を振りながら身体をよじらせる。

片脚立ちで不安定な腰巻きの肉体が揺れ、梁に繋《つな》がった二本の縄がギシギシと音を立てた。

「ふふ、白くて色っぽいおみ足ですな。触り心地はどうかな」

腰巻きの合わせ目から真横に伸びている香純の太腿に、木塚は大きな手を伸ばしてきた。

「あ、いや、触らないで、ああ」

いよいよその手が地肌に触れ、香純は反射的に身をよじらせた。ただ片脚吊りの状態では逃げることは叶わない。

胸縄に絞られたたわわな乳房が揺れる様が、かえって男の欲望を掻きたてていた。

「すべすべとした最高の感触だ。ふふ、触るなというほうが無理ですよ、奥さん」

完全に香純を拘束し余裕ができたのか、木塚は怒ることなく手を動かす。

すっかりシワになっている腰巻きの合わせ目から伸びた、艶やかな太腿をたっぷりと堪能したあと、その手をいびつに歪んで飛び出している巨乳に触れさせてきた。

「あっ、いやっ、あ、あああ」

木塚はいきなり揉むようなまねはせず、指を軽く触れさせ、なぞるように下乳のあたりを愛撫してくる。

彼の太い指の動きが、芋虫が這っているように思え、香純は後ろ手で吊られた身体をブルッと震わせた。

「なかなかに敏感そうな奥さんですな。ほら、木塚さん。これを使って緊張をほぐしてあげたほうがいいんじゃないですか」

頬を引き攣らせる香純の反応を見てなぜそう思ったのかはわからないが、佐倉は設計図など書くときに消しかすをはらう、羽ぼうきを手にして近づいてきた。

「なるほど、奥さんの感じる場所をもっと確認せねばなりませんしな」

時間はたっぷりあると、木塚は佐倉から羽ぼうきを受け取った。

佐倉ももう一本同じものを手にしていて、それぞれが羽を香純の身体に触れさせてきた。

「ひっ、そんな、あ、ああ」

羽ぼうきが乳房や脇のあたりを撫で回していく。くすぐったくて香純は縛られた身体を大きくのけぞらせた。

ただ彼らは巧みで、下乳やへそのあたりをなぞったあと、色素が薄い乳頭部に羽先を触れさせてきた。

「あっ、ああ、いや、あっ、はうっ」

女の敏感な突起を二カ所同時に羽で刺激されると、あきらかにくすぐったさとは違う感覚が突き抜けていく。

声だけはと思う香純だったが、どうしようもなく甲高《かんだか》い声がもれてしまう。

「ふふ、予想どおり敏感な人だ。ほらもっといい声を聞かせてください」

佐倉は羽ぼうきの動きをどんどん速くしていく。焦らすように香純のぷっくりと膨らんだ乳輪部を羽先でなぞったあと、急に乳首を掃くように刺激してきた。

「あああ、ひうっ、だめ、あああ」

もうはっきりとした快感を覚えた香純は、情けないくらいの喘ぎ声を高級な造りの和室に響かせた。

腰巻きの中の桃尻も勝手にガクガクと震えている有様で、佐倉の敏感だという言葉を肉体のほうが肯定していた。

「おお、もう乳首を尖らせよった」

こちらも羽ぼうきを動かしつづけている木塚が歓喜の声をあげた。

彼の言葉どおり、香純のふたつの乳頭は硬く勃起して突き出ていた。

「ああ、いやあ、あああ、言わないで、ああ」

自分でも乳首が尖っているという自覚はある。さらにはその先端がもっと強い刺激を求めるように疼きはじめていた。

(どうしてこんなに……)

頬を赤く染め唇を半開きにした香純は、男たちの顔から濡れた瞳を背けていた。

縛られ吊るされ、しかも羽ぼうきという、他の目的で使う道具で身体をくすぐられながら快感の声が止まらない。そんな自分が辛くてたまらなかった。

「そろそろ私も参戦しましょうかね」

横で成り行きを見ていた教授の松村が、またあのカバンに手を伸ばした。

彼が取り出したのは、羽ぼうきと比べものにならないほど無数の羽のついた道具だった。

「ひっ、いやっ、いやあああ」

それが視界に入った香純は絶叫した。薄茶色の羽のその道具は香純も知っていた。車の窓や車体を掃除するのに父親が使用しているのを見たことがあるからだ。

父親は毛ばたきという掃除道具だと言っていた。

「私は下のほうを担当させてもらいますよ」

松村は香純の片脚立ちの下半身の前に移動してくると、腰巻きの中にその毛ばたきを突っ込んできた。

「ひあ、だめ、ああ、おかしいわ、ああ、大学の教授の方がこんなこと」

片脚を吊りあげられているので、股を閉じで逃げることもできない。羽ぼうきよりも柔らかい羽毛が、香純の剝き出しの女の部分に触れる。

腰巻きがあるので松村にその部分は見えていないだろうが、動かすだけで香純の肉芽や淫唇をくまなく撫でてくるのだ。

その異様な感覚に香純は縛られた身体を悶えさせながら、足元にしゃがんでいる松村に訴えた。

「おかしい？　ふふ、さすがは木塚さんを相手にこんな啖呵《たんか》を切った奥さんだ」

毛ばたきを動かしながら松村はそんなことを言うと、スーツのポケットから小型のテープレコーダーを取り出してボタンを押した。

『奥さんは私との行為を楽しむつもりはないのですかな』

『もちろんです、私は幸村の妻ですから』

最初に木塚の声がスピーカーから流れたあと、香純の怒鳴り声のようなものがあたりに響いた。

木塚は香純との電話での会話をどうやら録音していたようだ。

「へえ、そのわりにはかなりいい声が出てるじゃありませんか」

縄にくびれた巨乳を羽ぼうきで責めている佐倉は初めてこの録音を聞いたのか、噛み殺したように笑って羽先を乳首に触れさせてきた。

「あ、あっ、いやっ、く、くすぐられたら誰だって、ああ、声が出ますわ」

緊縛された上半身をよじらせながら香純は反論した。これが快感であるのは自分自身でもわかっているが認めたくはない。

妻として、なにより女として、望まぬ相手に、しかも複数人で道具責めされて感じているなど許されないからだ。

「奥さん、私はね、あなたのように貞淑で旦那さんを絶対に裏切らないような女性を責め抜いて、好き者の淫婦に仕立てあげるのになによりのカタルシスを感じるのです」

いわゆる自分の肉棒を気持ちよくするセックスという行為は、あくまでそのついでなのだと、松村は香純の畳についているほうの脚を腰巻きの布の上から撫で、毛ばたきを大きく前後に動かしてきた。

「はは、ワシはこいつで女をよがらせて、自分も気持ちよくなるしか考えておりませんがな、ははは」

そんな友人の言葉に木塚は笑い、自分の和服の股間をさすった。

「ああ、私は、ああ、あなたたちの望むような女にはなりません、ああ」

毛ばたきの羽がずっと女の敏感な女肉を軽く擦りつづけ、二本の羽ぼうきが乳首を刺激する。

全身は熱く痺れ、真横に伸ばされ吊された白い脚もビクビクと引き攣っている。

それでも香純は懸命に声を振り絞り、精一杯の抵抗の意志を示した。

「それでいいのです、奥さん。でも最後には私たちの前で認めることになる。自分は男に嬲られて恥ずかしい目にあわされることになにより興奮するマゾヒストだと」

そんな理屈をこねながら、松村は香純の腰巻きの中に入れた腕を大きく動かし、女肉をさらに責めてきた。

「あああ、な、なりませんわ、あああ、そんな人間には、あ、あ」

マゾという言葉くらいはいくら香純でも聞いたことがある。ただ自分が虐げられて悦ぶような変態的な人間だなどと思ったことは一度もない。

「あなたたちは狂っています、ああ、ああ」

真っ赤になった顔を横になんども振りながら、香純は訴えた。

「そうかな、奥さんのその顔を見ていると、素質は充分にあるような気もしますがね」

佐倉はそう言って羽ぼうきを投げ捨てると、吊られた香純の後ろに回り込み、その巨乳を両手で揉みながら、尖りきっている乳首を指で摘まんできた。

「ひい、ああ、ひあ」

男の太い指で急に両乳首が押しつぶされ、背中まで痺れが突き抜けた。

そして香純の整った唇の間からもれたのは、甘い悲鳴だった。

「いや、あ、はあっ、やめて」

佐倉は二度三度と乳首を摘まんでこね回しては、手のひらで器用に柔乳を揉んでくる。

「いい顔になってきましたぞ、奥さん。そろそろここを公開といこうか」

後ろ手で片脚吊りにされた美夫人に絡みつく佐倉と松村の様子を、一歩引いて見ていた木塚があらためて手を伸ばしてきた。

彼は香純の最後の一枚である腰巻きの紐を解くと、一気に剝ぎ取った。

「いっ、いやっ」

たっぷりと肉が乗った桃尻と濃いめの陰毛が生い茂る下腹部。香純のすべてがついに晒された。

予測していたこととはいえ、香純は羞恥に目を閉じ、顔を横にねじった。

「はは、木塚さん、見てごらんなさい。奥さんのここはもうドロドロだ」

片脚を真横に伸ばして股間を九十度に開かされている、香純の足元にしゃがんだ松村が声を弾ませながら木塚に手招きをした。

「どれどれ、おお、もう内腿にまで滴っておりますぞ、奥さん」

木塚もこれは予想外の濡れっぷりだと大笑いしはじめる。

香純の染みひとつない内腿には、透明の粘液がひと筋ふた筋と垂れていた。

「なかなかここまで濡らす女はいないね」

松村は眼鏡の奥の瞳を輝かせながら立ちあがり、かわりに佐倉が開かれた香純の股間を覗き込んできた。

「奥さんは我々を狂人だと言いましたな。その狂人たちに嬲られてオマ×コをドロドロにしている奥さんはどんな人間なのですかね」

佐倉はぱっくりと開き、愛液にまみれた媚肉を開閉させている香純のそこを、もうほとんど真下から覗いて言った。

「そりゃあ、変態マゾ女ですよ。ド変態だ」

そこの言葉に隣にしゃがんでいる木塚が反応した。

「そんな、ああ、ひどい……ああ……」

自分が人間であることも否定されたような気がして、香純はついにすすり泣きを始めた。

石になって耐えようと思っていたが、もうどうにも堪《こら》えきれなかった。

「ふふ、その涙。すぐに悦びの涙に変えて差しあげますよ」

一度離れて戻ってきた松村がなにかを手にしている。

「ひっ、いっ、いやっ」

それはプラスティック製の男根を模した道具だった。黒光りするそれを握ったまま、松村は再び白足袋の香純の足元に来る。

佐倉と木塚は立ちあがり、縄が食い込んだ香純の吊られた上半身を両側から押さえてきた。

「さあ、いきますよ」

「いやっ、うっ」

松村は容赦なく道具の亀頭部を香純の中に押し込んできた。膣肉を開かれる圧迫感に香純はのけぞる。

「どうです、バイブの味もなかなかでしょう」

亀頭部のエラがやけに張り出した形のバイブが、どんどん膣内に侵入してくる。

「あっ、いや、あ、ああ、ああ」

サイズもかなり大きめで、香純はこもった声をもらして縛られた身体を震わせるが、同時に甘い快感を自覚するのだ。

バイブなどという異物を挿入されているというのに、香純の肉体は女の反応を見せていた。

（私、また……いや……）

自宅で襲われた日、強姦魔の肉棒で感じた禁断の快感。それがまた胎内で蘇っていることに香純は狼狽していた。

「ふふ、肌がピンクに染まってきましたな」

横から木塚がそんなことをわざわざ言いながら、縄で絞られた香純の乳房を揉みはじめた。

松村もそれに続き、隣の乳房に指を食い込ませたり、乳首を摘まんだりしてくる。

「そんな、あ、いやっ、あ、あああ」

ふたりの男に挟まれた白い身体をのけぞらせて、香純は淫らな喘ぎを響かせてしまう。

縄によって自分の身体を隠すことも許されないなかで、全身が敏感になっている気がしていた。

「奥さんの中のお肉がバイブを締めつけてますよ。こっちのお口は素直ですな」

そして松村のバイブを操る動きも巧みだ。彼は一気に中に押し込むようなことはせずに上下に小刻みに動かしながら徐々に進めてきている。

硬いカリ首が膣壁を擦るたびに、香純の片脚立ちの下半身全体がジーンと痺れ落ちていくのだ。

「さあ、もう最後まで入りますよ、ほら」

「あっ、く、あっ、あああ」

最後だけは強めに松村はバイブを上に向かって突きあげた。濡れた媚肉をプラスティックの先端が掻き分け、奥を貫く。

香純はもう唇を大きく割り開き、顔を天井に向けて喘いだ。

「かなり息が荒いですね、奥さん」

最奥にまで押し入れたあと松村はバイブを上下にピストンさせてくる。

その結合部からはヌチャヌチャと淫らな音があがり、香純の激しい息づかいの音と混ざり合って和室に響き渡った。

「あ、ああ、もう許して、あ、あ、あ」

こんな道具で感じてはならないといくら思っても、香純の膣奥は蕩けていく。

後ろ手縛りの身体も熱く燃えあがり、真横に伸ばして吊られた肉感的な脚がビクビクと引き攣る。

「ふふ、もうたまらないといった感じですが、まだ本番はこれからですよ」

「えっ」

これ以上なにがあるというのか、松村の言葉に驚いて、香純は切れ長の瞳を見開いて自分の足元に向けた。

そんな美夫人に意味ありげな笑顔を向けながら、松村はバイブの根元にあるボタンを押した。

「ひっ、ひあっ、あああ、あああ」

同時にモーター音が響き、バイブがくねりはじめた。　男根形の竿が蛇のようにうごめき、先端部が濡れた媚肉を掻き回した。

「あっ、ああ、ひぃん、あっ、ああ」

初めての感覚に驚く暇《いとま》もなく、香純は甘く激しい痺れにのけぞった。

もう一気に頭が蕩けている感じで、アップにまとめた黒髪の頭を大きく揺らしながら、ひたすらによがり泣いた。

「いい顔ですね、奥さん」

佐倉が横から香純のあごのあがった首筋にキスをしてきた。チュッチュッと音を立てながらなんども吸いつき、さらに熟れた桃尻を手で揉んでいる。

「ああ、ああん、いや、ああ、ああ、でも、ああ、私、ああ、おかしく」

香純のほうはもう全身が燃えあがり、自分を偽る気持ちにもなれない。

快感に翻弄される香純の縄にくびれた巨乳を、木塚が激しく揉んでくるが、その強さも心地いい。

「おかしくなりなさい。ただしイクときはちゃんとイクと言うんだ、いいな」

木塚は自分の手で絞り出した巨乳の先端に強く吸いつき、舌先で突起を転がした。

「ひいい、あああ、ああ、もうだめ、あ、ああ」

片脚吊りの身体を激しくよじらせる香純の頭に、木塚の言葉が響く。

同時に強い快感の波が膣奥からわきあがってきた。

「ああ、イキます、イクっ」

膣奥を掻き回すバイブにすべてを委ね、香純は背中を大きくのけぞらせる。

呼吸が止まり、男たちがまとわりついた白い身体がなんども引き攣った。

「あ、あ、あああっ」

絶頂の波は断続的に突き抜け、そのたびに香純は激しいよがり泣きを響かせる。

真横に突き出されたムチムチの脚も、その叫びに合わせて波打っていた。

「あ……あ……ああ」

そして快感がようやく引いていくと香純はがっくりとうなだれた。

この男たちの前で女の恥を晒してしまった。いっそ死んでしまいたいとそんな気持ちになり、またすすり泣きを香純は始めるのだ。

「ふふ、言葉は素直じゃなくても、身体のほうは素晴らしいくらいに正直ですな、なかなかお見事なイキっぷりでしたぞ」

思いどおりにはならないと豪語していた香純の崩壊がよほど痛快だったのか、木塚は大声でお腹を抱《かか》えて笑いだした。

「ああ……」

それにつられて松村や佐倉も笑いだし、香純はもう声をあげて泣きだすのだ。

生き恥を晒した美夫人は天井から吊られている縄だけは解かれたものの、両腕や乳房はしっかりと緊縛されたまま、佐倉に抱きかかえられた。

部屋の奥側にある襖《ふすま》が開かれると、大きな布団の敷かれたもうひとつの部屋があった。

「ほんとうに私が先でよろしいのですか、木塚さん」

厳しく縄の食い込んだ白く肉感的な香純の身体を、布団の上に横たえた佐倉は、隣の部屋で教授の松村と共に座卓の前に座り、チビチビと酒を飲んでいる木塚のほうを見た。

「もちろんかまわんですよ。私はあとからじっくりと楽しませてもらいますわ」

和服の木塚はそう言いながらぐい呑みの中の酒を飲み干した。襖は開けっぱなしになっていて、ふたりはこれから佐倉と香純の睦《むつ》み合いをしっかり観戦するつもりのようだ。

「ああ……」

香純のほうはむっちりと肉のついた太腿をぴったりと合わせ、縛られた身体をまっすぐに伸ばして横たわったまま、固く目を閉じていた。

バイブで恥を晒してそれで終わりではない。これから夜遅くになるまで、男たちの肉棒でたっぷりと嬲り抜かれるのだ。

（熱い）

自分はまな板の上の鯉であり、男たちに調理されるの受け入れるのみだ。そんなあきらめの気持ちが香純の心を支配していく。

するとなぜか下腹のあたりから、ジーンと痺れるような熱さが広がっていくのだ。

これが彼らの言ったマゾヒズムというものなのか。だとしたら自分は未知の感覚を教えられようとしているのだ。

「さあ、始めましょう、奥さん。あなたがあまりに色っぽいからこいつももう暴発寸前ですよ」

そんな言葉を聞いて香純はうっすらと瞳を開く。佐倉はすでに全裸になっていて、股間のモノは天井を向いて反り返っていた。

「あ……」

佐倉の肉棒は強姦魔のリーダーほどの巨根ではないものの、天を突く逞しさはかわりない。顔を見れば夫と同じくらいの年齢なのに肉棒は若々しい硬さを見せつけていた。

そんな怒張を目の当《ま》たりにしても、瞳を潤ませたまま切ない息を吐くのみだ。逆らう気力もない。

「いきますよ」

佐倉は足袋が脱がされた香純の両脚を持ちあげて開いてく。ここでも香純はいっさいの抵抗の意志なく、されるがままに佐倉を受け入れていく。

「うっ、ああ」

強姦魔ほどではないといっても、夫よりもかなりサイズの大きな肉棒が、香純の女の裂け目を割ってくる。

その圧迫感に香純は呻き声をあげた。

「素晴らしい具合ですよ、木塚さん」

佐倉は隣の部屋にいる木塚と布団の上の香純を交互に見ながら、腰をじっくりと前に押し出してきた。

「やはり奥さんは男といやらしいことをするために、生まれてきたのかもしれませんなあ、ははは」

酒を飲みながら木塚と松村が笑った。

「そんな、あ、だめ、あ、ああっ」

男たちの嘲笑に香純はようやく哀しみの声をあげるが、すぐに艶やかな喘ぎ声を響かせてしまう。

肉棒がじっくりと前に進み、膣の最奥にまで達したのだ。唇が勝手に開き縛られた上半身も大きくのけぞった。

(硬い……)

自分の胎内を埋めつくしている怒張の硬さを、香純はあらためて感じていた。

エラの張り出しもきつく、膣奥が大きく拡げられている感覚がある。

「ふふ、かなり息が荒くなってますね。でも入れただけで終わりではないですよ」

香純の両脚をあらためて持ちあげ、佐倉はリズムよく腰を使いはじめた。

「そんな、あ、あ、許して、ああ」

縄に絞り出された巨乳が、後ろ手の身体の上でフルフルと躍る。

二の腕もピンクに染まり、首筋には汗まで浮かんできていた。

「ああ、はあん、ああ、ああ」

香純の声色もどんどん艶っぽく変化していく。まだ心の隅には恥を晒してはならないという思いはあるが、快感に逆らいきれない。

「ああ、あん、あ、いや」

怒張がぱっくりと開いた膣口を出入りし、愛液を掻き回す音が和室に響く。

それが香純の気持ちをさらに蝕《むしば》むのだが、耳を塞ぐことは叶わなかった。

「ふふ、奥さん、すごくいやらしい顔になってますよ。ポルノ女優顔負けだ」

木塚が隣の部屋から身を乗り出し、仰向けに寝る香純の顔を覗き込んできた。

「い、いやっ、おっしゃらないで、あ、ああ」

香純は赤く染まった顔を背けるが、唇は開いたまま声もあがりっぱなしだ。

持ちあげられたまま開かれた、白く肉感的な太腿もヒクヒクとずっと引き攣っていた。

「奥さん、ほらもっと激しくしますよ」

そして佐倉はさらに腰の動きを速くしていく。怒張が激しく前後し亀頭の先端が香純の奥を突きまくる。

その衝撃で縛られた身体の上の巨乳が千切れんがばかりに踊り狂っていた。

「ああ、私、ああ、また、ああっ、くう」

白い歯を食いしばった香純は背中を弓なりにした。膣奥からの快感がどんどん強くなり、自分がまた極みにのぼろうとしているのだと自覚した。

「おお、イクのですな、奥さん。ならば私もいっしょにイキますよ。口のほうに出しますからね、ちゃんとお口を開けてまっていてください」

「ああ、そんな」

ピストンを激しくした佐倉の言葉に香純はなよなよと首を振る。また口内で男の精を受けるのか、つらい記憶が蘇ったのだ。

「そのまま出さないのですかな」

香純の切ない声が響くなか、木塚が佐倉に不思議そうに尋ねた。

「そこは木塚さんに譲りますよ。こんな美しい奥さんとする機会を与えてくれたのはあなたなのですから」

佐倉がそう言うと、木塚はこれはお気づかいを、と笑って、自分の禿げ頭をぴしゃりと手で叩いた。

「そういうことです。奥さん、いきますよ、おお」

最後は気合いを込めて佐倉は肉棒を大きく動かし、香純の最奥を突いてきた。

濡れ落ちた媚肉の中を亀頭のエラが掻き回し、子宮が歪むような衝撃が走る。

「あっ、ああっ、私、ああ、もうイク、イッちゃう」

大きな快感の波が下腹部からわきあがり、香純は頭の芯まで快感に痺れ落ちる。

緊縛された上半身が大きくくねり、巨乳が弾み、開かれた肉づきのいい白い脚もヒクヒクと波を打った。

「あああ、イクう」

恥じらいもなにもかもを忘れて、香純は布団の上の身体を弓なりにした。

心まで砕くような甘美な絶頂感が突き抜けていく。それに香純は酔いしれ、下腹部まで震わせながら発作を繰り返すのだ。

「くう、俺も」

佐倉もこもった声をあげると、香純の両脚を投げ出して立ちあがりすばやく移動してくる。

布団に膝立ちになった彼は、額に汗の浮かんだ香純の頭を抱えてるようにして持ちあげ、肉棒の前にもってきた。

「んん……ん、んん」

熱く硬化した怒張が唇の中に突っ込まれた。意識まで絶頂感に蕩けている香純は抵抗なく受け入れただけでなく、自ら吸う動きまで見せた。

「うう、奥さん、すごい」

佐倉が腰を震わせて射精を始めた。粘っこい精液が口内にぶちまけられる。

「んんん、んく、んん」

肉棒はなんども脈動し、生臭い香りが鼻を突き苦い味が広がる。香純は切れ長の瞳を潤ませたままただ喉を鳴らして飲み干していく。

（ああ……こんなにたくさん……）

自分でもどうしてこんな感情を持っているのかわからない。ただ強烈な男臭に牡の強さを感じる。

香純はまだ絶頂感の残る縛られた身体を震わせながら、ひたすらに精の味に酔いしれていった。


連続して二回も絶頂に追いあげられ、手脚の先まで疲労困憊《こんぱい》となった香純だったが、男たちは休憩すら与えてくれなかった。

こんどは木塚が和服を脱ぎ捨て、香純の熟れた身体を求めてきた。

「あ、ああ、ああ、もう、ああ、許してください、あ、あ」

木塚もまた佐倉に負けないくらいの硬さを持つ逸物で、痺れの残る香純の媚肉を貫いている。

布団の上でその出っ張った腹を晒して胡座をかいた木塚の膝のうえに、香純は向かい合わせて縛られた身体を乗せていた。

「ふふ、そんなことを言いながら中の肉はグイグイと絞めてきてますよ。ほんとうはもっとしてほしいのではないのですかな、こういうふうに」

対面座位の体位で繋がった香純の腰を、両腕でグイッと引き寄せて、木塚は下から怒張を強く突きあげた。

「はっ、はあん、だめ、あっ、ああ」

強く突かれたのは一度だけだったが、頭の先まで突き抜けた衝撃に香純は瞳までさまよわせて悲鳴に近い声をあげた。

木塚の下半身に回した両脚がずっとくねっている。

「最高ですよ、奥さん。幸村流の集まりで初めてあなたを見たときから、ずっとおっぱいはどんなか、尻がどんなかと、ひとりで妄想しておったのですよ」

木塚はそんなことを言うと、香純の腰に回していた手を滑らせたっぷりと肉の乗った桃尻を摑んでくる。

さらにいまだ縄で絞り出されたままの巨乳の先端を、舌先でチロチロと舐めてくるのだ。

「あうっ、あ、いやっ、あ」

そしてもちろん怒張のピストンは続いている。膣奥に食い込んできた肉棒はリズムよく中を突きつづけている。

やはりこの男は初対面のときから香純に歪んだ欲情を抱いていたのだ。

「しかも中の具合までいい。奥さんがここまで淫らな身体をお持ちとは。ふふ、たまらんですよ」

ずっと羨望のまなざしを向けていた美夫人を手中にし、木塚は幸せを嚙みしめるように言い、尻たぶを摑んで腰を動かす。

どす黒い縄が食い込んだ白い身体が肥満体の男の膝の上で弾み、巨乳が波を打ちながら躍った。

「ああ、そんな、おっしゃらないで、あ、あああ」

すっかり乱れてきた黒髪の頭を横に振り、香純は弱々しい声をあげる。

ずっと忌み嫌っていた男にそんなふうに言われても、否定する気力がない。香純自身も驚くほどに、自分の肉体が男たちの責めに反応しているのだ。

「ああ、ああ、はあん、だめ、あああ」

二度も絶頂にのぼりつめてクタクタのはずなのに、下腹部は熱く燃え、腰骨まで快感に痺れている。

なぜここまで淫らに燃えてしまうのか、考えても答えは見つからない。

「ああ、ああ、そんなふうに」

朱に染まった桃尻を摑んだ手を木塚は大きく動かし、香純の腰を強制的に回させてきた。

硬い亀頭に向かって自ら膣奥に擦りつけるような動きをさせられ、香純はまた新たな快感に翻弄されていく。

「ふふ、どんどん熱いお汁が溢れてきてますぞ」

息も絶えだえになっている香純の顔を間近で見つめながら、木塚はその動きを続けていく。

グリグリと亀頭の先端が奥を搔き回すたびに、大量の愛液が分泌されていくのだ。

「ああ、いや、おっしゃらないで、ああ、ああ」

最後の恥じらいを見せた香純は涙に濡れた瞳を木塚に向けた。木塚は余裕の笑みを浮かべると香純の腰を回させながら、器用に怒張を上に突き立てた。

「ひっ、ひああ、それだめ、あ、あああん」

搔き回しの横の動きに加えて縦の突きあげまで受け、香純は縛られた上半身をのけぞらせ、一段上の絶叫を和室に響かせた。

もう意識も怪しくなり、視界もかすんできた。

「気持ちよさそうだね、奥さん。どうなんだい？」

自分は射精を終え、隣の部屋で観戦している佐倉がそんな言葉を浴びせてきた。

「あっ、ああ、いいわ、ああ、ああん」

脳まで痺れている香純は無意識にそう口走っていた。

「おお、ついに認めてくれましたな、奥さん。嬉しいです」

木塚も興奮気味になり、香純のヒップをさらに強く回し、リズムよく怒張を突きあげてきた。

「ああん、ああ、すごい、あ、ああ」

縄に絞られた巨乳を揺らし、香純は白い歯とピンクの舌を唇の間から覗かせながら肉欲に溺れていった。

もうどうなってもいい。あとのことなど考えられなかった。

「ふふ、奥さんがそうして心を開いてくれたお礼に、三回と言っておったのをこの次で終わりにさせてもらいますぞ」

次のときに写真もネガも録音テープもすべて返すと木塚は言った。

「そのかわり、この次もこうしていまのようにたっぷりと楽しんでください」

お願いしますと、木塚は香純の蕩けた瞳をじっと見つめてきた。

「ああ、わかりましたわ……」

香純はその言葉に力なく頷《うなず》いた。あと一度で終わりならばとことんまでこの身を汚してもいい。

そんな開き直りのような気持ちになっていた。

「ありがとうございます。では約束のキスをしてください」

向かい合う香純の腰を抱き寄せながら、木塚は唇を近づけてきた。

香純もとくにためらいは見せず、少し濡れている小さめの唇を開いて言った。

「んんん、んく、んんんん」

すぐに彼の舌が入ってきて、ねっとりと絡め取られていく。

これも夫とはすることがない淫靡な口の吸い合いに、香純は没頭していった。

「んんん、ぷはっ、たまりませんよ、奥さん。いきますぞ」

唇が離れると木塚は香純のヒップを摑んだ両手に力を入れ、回す動きは止めてがっちりと固定した。

そして布団に胡座《あぐら》をかいた身体を躍動させて怒張を突きまくってきた。

「ひい、ああ、ああ、いや、ああ」

また強烈な快感に翻弄されながら、香純はアップにまとめていた髪がすっかり乱れている頭を横に振った。

自分の肉体が絶頂の波に飲み込まれようとしているのを自覚したのだ。

「イクのですな奥さん、息を合わせてふたりでいっしょにイキましょう、おおお」

香純の反応に木塚はめざとく気がつき、肉棒のスピードをさらにあげる。

脂肪たっぷりの彼の太腿の上で香純の桃尻が弾み、肉どうしがぶつかる乾いた音が天井にこだました。

「ああ、はい、あ、はあん」

縄にくびれた乳房が躍り狂うなか、香純は素直に頷き縛られた身体をのけぞらせて喘いだ。

自分の身体がすぐにイキそうになっていることまで、木塚にはしっかりと把握されている。

もうこの男たちの前ではごまかしすらできないのだ。そんな敗北感が香純をあきらめの気持ちにさせた。

「ああ、あああ、私、ああ、また、イッてしまいます、あああ」

もうどうにもならないという思いが被虐心を刺激し、香純は肉感的な太腿で木塚の腰を挟みながら瞳を宙にさまよわせた。

「私もイキますよ、おお」

木塚もそれに応え、とどめとばかりに怒張を濡れた肉壺に打ち込んだ。

このまま木塚は香純の膣内で射精をするつもりのようだ。だが香純はそんなことも気にならないほど彼の逸物に身も心も痺れさせていた。

「あああ、イク、イクうっ、はあっ」

唇を大きく割り開き、激しい息を吐きながら香純は絶頂に身を預けた。

縛りあげられた身体が引き攣り、後ろに倒れそうになった。

「うう、奥さん、私も出ます」

木塚はそんな香純の腰を抱えて支え、亀頭を濡れた膣奥に擦りつけながら思い爆発させた。

「ああ、ああ、木塚さん、ああ、んん」

膣奥に粘っこい精液を受け入れながら、香純はもう自分が元の清楚な妻に戻ることはないような気までしていた。

全身を駆け巡る絶頂感に身を委ねた美夫人は、こんどは自分から木塚の唇に吸いつき、激しく舌を絡ませていくのだった。

第三章　屈辱の中出しイキ狂い

　ようやく雨もあがり、五月は傘を畳んで大学の門を出た。濡れたアスファルトの道路にはいくつもの水たまりができている。

　その横をトラックが黒い排煙を吐きながら通り過ぎ、ディーゼルエンジン独特の強い臭いが鼻をついた。

「ああ……」

　不快な香りを嗅いでしまうと、なぜか五月は強姦魔に犯された日を思い出す。

　暴漢に襲われ処女の身体を蹂躙《じゅうりん》された。人生でたった一度の初体験が耐えがたくつらい思い出となってしまったのだ。

　自分はもうまともに結婚どころが、人前に出ることもできない女になってしまったのではないのか。今日もフルートの教授から一度プロのオーケストラの練習に加わってみないかと言われたが、自分は和笛が専門だと言い訳して断ってしまった。

「いやだわ、この道」

大学から駅に向かう途中、公園の横を通るときだけ人影が途切れる道がある。右は公園の森、左は工場の道。最近はそこを避けて帰宅していたのだが、今日は落ち込んで下ばかり見て歩いていたのでそのまま来てしまった。

「やあ、五月ちゃん、久しぶりだね」

車がギリギリすれ違えるくらいの道で歩道はない。そこに厚かましく路上駐車している銀色のスポーツカー。

いぶかしげに思いながら、その横を通り過ぎようとしたときに、五月はいきなり自分の名を呼ばれてドキッとして身をすくませた。

「あ、あなたは……」

スポーツカーの運転席から現れたのは、頭をリーゼントに固めた長身の男だった。

その顔に五月は見覚えがある。五月とは地元の中学の同級生であり、当時は番長と名乗って喧嘩ばかりしていた不良だ。

そしてなぜか五月に執心していた。五月を東京まで追いかけてきて、幸村邸の前で拉致しようとし、家政婦の光恵に取り押さえられた男でもあった。

「もう絶対に現れない約束だったじゃない」

男の名は菅野憲一と言う、光恵の柔道技で投げられたあと警察に連行された。

本来なら実刑を受けて刑務所にいくのが当然の犯罪だったのだが、憲一の叔父に地元の有力議員がいた。

議員は身内から犯罪者を出せないと、地元では有名な日舞の師範である五月の父親に土下座をして頼み込んできた。

日舞のイベントなどに市や県が後押ししてくれている事情もあり、訴えを取りさげることとなった。

ただその際に議員が出した条件に、自分の責任において甥を二度と五月に近寄らせないというものがあり、一筆したためた書面もあった。

「まあ、確かに叔父貴にこれがばれたら、こんどこそ殺されるだろうね」

議員は憲一のことを甘やかしているわけではなく、根性をたたき直すと言ってしばらく山寺にこもらせていたと聞いた。

身内の恥だとかなり憤っていたので、憲一の言う殺されるというのもあながち嘘ではないように思う。

「でも、五月ちゃんが通報しなければいいだけの話だよね」

運転席のドアを閉めた憲一は五月ににじり寄ってくる。不幸にも後ろに工場のブロック塀があり、五月は一瞬で追いつめられた。

「連絡するわ。叔父様の電話番号だって教えてもらってるから」

ブロック塀に背中を、前を大柄な男に塞がれ、香純は恐怖にブルーのワンピースのスカートから伸びた脚を震わせながら、どうにか声を振り絞った。

もし憲一が東京に現れることがあったら、すぐに人をやるから連絡してほしいと、議員の連絡先を教えられていた。ただ周りには人家も電話ボックスも見えなかった。

「そりゃ困ったね。ん？」

困っていると言ったわりには憲一はにやついた笑みを浮かべたままだ。

彼がさらに身体を寄せようとしてきたとき、向こうのほうからカップルが歩いてきた。

雰囲気からして五月と同じ大学の学生のように見え、五月もそれに気づいて声をあげようとした。

「別に助けを呼ぶのは勝手だけど。これを見てからにしてもらえるかな」

カップルは、壁を背に立つ清楚な美女とそれに迫る不良っぽい男を、いぶかしげな目で見ながら歩いてくる。

助けを求めたらすぐに公衆電話に走ってくれそうだが、憲一は彼らの死角になるように革ジャンの内側から一枚の写真を出した。

「えっ」

その写真を見た瞬間、香純は目を見開いて固まった。写真の中にはM字開脚で両脚を縛られ、乳房や薄めの陰毛、そしてピンク色の裂け目まで晒した自分の姿が写っていたからだ。

「ど、どうして」

あのときの写真をなぜ憲一が持っているのか。憲一は声に特徴があり、強姦魔の中にはいなかったというのには確信が持てる。

なのになぜこの男の手に自分の恥ずかしい写真があるのか。香純は呆然としたまま固まった。

その横をカップルが通り過ぎていく。なにか絡まれているのではないかと、こちらと心配そうに見ているが、やがて歩き去った。

「ふふ、ある人から譲ってもらったのさ。金は取られたけどね。ご心配なく、俺が特別に譲ってもらっただけで、ばらまかれたりされたわけじゃないからさ」

憲一は香純と光恵の写真もあるぞと言った。俺をぶん投げた女が犯されているのは痛快だったと声をあげて笑うのだ。

「ああ、そんな」

もうどうしていいのかわからなくなり、五月はオロオロと首を振りながら、その大きな瞳に涙を浮かべた。

彼の叔父に助けを求めたりしたら、写真をすべてばらまくと憲一の顔が言っているように思えた。

「とりあえず、車に乗ってよ。まさか断らないよね」

声を出すこともできない五月に笑いかけ、憲一は車の助手席のドアを開いた。


車はラブホテルに入って停まった。外からは見えない駐車場から暗い入口を入り、小さな小窓があるだけの受付で鍵だけを受け取って部屋に入った。

あまり趣味がいいとは言えない内装の部屋の真ん中に、なぜか円形の大きなベッドがあった。

「いい香りがするね」

そのベッドの端に座り、ブルーのワンピースの身体を固くして座る五月の隣に、憲一も腰を下ろして顔を近づけてきた。

肩を触れさせながら、五月の長いストレートの黒髪に指を絡ませてくる。

「あの……ほんとうに写真は他のところには」

蒼白になった美しい顔を引き攣らせて、香純はにやけ顔を寄せている元同級生に訴えた。

さっき姉や光恵の写真も見せられた。ネガも持っていると憲一は言った。ただどうやって入手したかは教えてくれなかった。

ただ持っていた人間は高い金を要求するかわりに、ネガも含めてすべて譲ってくれたと話した。

「だから少しくらい俺もいい思いしていいよねえ」

少し高めの声でネチネチとした話し方。以前から聞いているだけで虫唾《むしず》が走る。

彼がほんとうに写真やネガを全部回収したのか、それも確証はない。ただそれらが憲一の手にある以上、五月に選択権はないのかもしれない。

「なんとか言ってよ、五月ちゃん」

鼻息を荒くした憲一は突然、ワンピースの上から五月の乳房を揉みしだいてきた。

「あ、あ、だめ」

細身の身体には不似合いに膨らんだバストを、男の大きな手で歪められる。

布越しとはいえ嫌悪感にさいなまれるが、五月は声をあげただけで身体のほうは動かせなかった。

（私が抵抗したらお姉さんや光恵さんの写真まで……）

自分の恥ずかしい姿だけではない。ふたりが暴漢の肉棒に汚されている写真までもが世間にばらまかれてしまう。

自分はもうこの男の言いなりになるしかないのだ。それで姉と光恵が救われるならと五月はあきらめの気持ちになった。

「私が身を委ねたらほんとうに写真は焼却してくれますか」

先ほど車中で憲一はぼそりと、写真はいつでも燃やしていいと口にしていた。

「いいよ、ただし俺の思いは遂げさせてもらえるんだよね」

耳元に唇を近づけて憲一はそう言った。もちろんこの場所に連れ込まれたときからこうなることは予測している。

ただ返事をする気力はなく、五月は力なく頷《うなず》くのみだった。

「へへ、ありがとう、五月ちゃん」

それでも憲一は嬉々とした様子で手を叩き、五月のワンピースのファスナーをさげていく。

肩からブルーの布が滑り落ち、純白のブラジャーだけの上半身が姿を見せた。

「あんな奴らに好きにされる前に俺が味わいたかったよ」

爬虫類っぽい目をらんらんと輝かせた憲一は、五月の背中にあるホックを外し純白のブラジャーを一気に剝ぎ取った。

華奢な上半身の前で、張りのある巨乳が弾けるように飛び出して揺れた。

「写真で見た以上にいいねえ、大きいのに形が綺麗だ」

憲一はもう感情が抑えきれないとばかりに五月の腰を抱き寄せ、乳房にしゃぶりついてきた。

張りの強い巨乳に顔を押しつけ、薄ピンクの乳首を音がするほど吸いまくる。

「あっ、ああ、いやっ、あああ」

嫌悪している男の舌が敏感な突起を這い回る感触に、五月は身体を固くして泣き声をあげた。

「んん、んんん、こっちも、んんん」

暴走する男には五月の声など聞こえていないのか、乳房から唇を離したあと、反対側の乳首も舐め回してきた。

さらに先ほどまで舌で責めていたほうの乳房を手で強く揉んでくる。

「やっ、あ、あっ、そんなに強く、あ、いやっ」

敏感な乳房を握りつぶされる痛みに、五月は呻《うめ》き声をあげる。

無意識に腕が動き、憲一のリーゼントの頭を押し返そうとした。

「ごめんな、痛かったね。興奮して暴走してしまったよ、許してくれ」

憲一もさすがに強すぎたと思ったのか、猫なで声で言って五月の頬に軽くキスをした。

その唇の感触も気持ち悪くて、五月は下を向いて、上半身は裸、下はワンピースのスカート姿の身体を固くしていた。

「五月ちゃんにも気持ちよくなってもらわないといけないのにね」

透き通るような白肌の肩を震わせる美女を、憲一はあらためて歪んだ目で見つめながら、自分が持ってきていたカバンに手を入れた。

中から取り出されたのは、どす黒い縄束だった。

「ひっ」

縄を見ただけで、処女を蹂躙された日の記憶が蘇る。五月は恐怖に顔を引き攣らせ、ベッドから立ちあがろうとした。

「おっと、おとなしくするんだ」

憲一はそんな五月の腕を摑《つか》み背中側にねじりあげていく。大柄な男の腕力に逆らえるはずもなく、五月はベッドに突っ伏すように押さえ込まれた。

「いっ、いやっ、どうして縛るの、やめて、縄はいやっ、ああ」

五月は半狂乱になって自分の手首に縄掛けをしていく憲一に訴えた。

「あの写真を見てからずっと五月ちゃんを縛りたいって思っていたんだよ、とってもよく似合っていたからね」

いびつな笑顔を見せながら憲一は五月の両手首に縄掛けをし、強引に引き起こした。

「くう」

こんどはベッドに横座りの体勢になった五月の身体にも、縄がまわされ乳房が絞り出されていく。

素肌に縄が食い込む感触が、あの日の屈辱を蘇《よみがえ》らせ、五月は大きな瞳に涙までにじませた。

「それにこれは五月ちゃんの心を柔らかくするためでもあるんだよ。手を使えないほうが開き直って気持ちよくなれるってもんさ」

丸みの強い巨乳の上下にも縄掛けしながら、憲一は勝手な言葉を口にした。

「いや、縛られるのはつらいの、ねえ、ほどいて、菅野くん」

厳しく緊縛された上半身を揺すりながら、五月は後ろにいる憲一に懸命に訴える。

いまも強姦魔の恐怖が蘇り、ずっと唇が脚が震えていた。

「ふふ、だめだよ、これは五月ちゃんが恥じらいを捨てるための儀式のようなものなんだ。もう君はすべてをあきらめて俺に身を委ねるしかないのさ。そう思いな」

そうすればすごく気持ちよくなると言いながら、憲一は五月の上半身を縛り終えた。

「そんな、ひどいわ、ああ、お願いもう許して」

再び肩を押され、こんどは仰向けにベッドに転がされた。いまの五月はまさに拘束された虜囚であり、彼にされるがままに拷問を受けるしかない。

そんな五月のワンピースの残りに手をかけた憲一は、一気にそれを脱がせた。

「いやあああ」

ラブホテルの部屋に五月の絶叫が響き渡った。ただこんな場所ではいくら悲鳴をあげようとも助けなど来ない。

憲一のほうは余裕たっぷりに五月のほどよく肉のついた腰にある、白いパンティを引きおろした。

「ああ、ひどい、あああ、こんなの」

陰毛が少なめの下腹部も露にされ、五月は仰向けに寝た身体をよじらせて涙を流した。

　男の前ですべてを晒すのはつらくてたまらないが、彼の言ったとおり後ろ手縛りのいまの状態では身体を隠すことは叶わなかった。

「この格好で脚をおっぴろげた写真もあったね。あれなんか中学の同級生の奴らが見たら卒倒するだろうな。あの美少女で有名だった五月ちゃんが大股開きで写真まで撮らせてるなんてってな」

「ひっ、そんな」

　涙に濡れた目を見開いて、五月は自分を見下ろす憲一を見た。彼の言葉が暗に従わねば写真をばらまくと告げているように思えたからだ。

（もうあきらめるしかないのだわ……）

　姉や光恵を救うため、自分はこの悪魔に身体を貪らせるしかないのだ。どれだけ屈辱的な目にあわせられようとも。

　五月に残された道は石となって耐える以外ないのだ。

「さあ、脚を開いて全部見せてもらうよ」

　しなやかで長い脚に木塚の大きな手がかかった。もう抵抗の気力のない五月は素直に両脚を割り開かれていく。

「おお、綺麗なアソコだ。写真でも見てたけどそれ以上だ」

瑞々《みずみず》しい素肌の太腿の奥に、ついに姿を見せた五月の秘密の場所。憲一は歓喜しながらそこに顔を寄せてきた。

薄い陰毛の下にビラが小ぶりな薄桃色の裂け目がある。男を拒絶するようにぴったりと合わさったそこに憲一は鼻を近づけて匂いまで嗅いでくるのだ。

「い、いやっ、嗅がないで、ああ」

決意していたつもりだったが、秘部の香りまで嗅がれては、さすがに耐えきれず、香純は仰向けの身体をよじらせ脚を閉じようとした。

憲一はそんな五月の脚が自分の頭を挟む前に腕を入れ、閉じさせまいとする。

そして舌を出し、内腿の肌に這わせてきた。

「ひっ、ひあっ」

まさかそんなところを舐められると予想もしていなかった五月は、引き攣った声をあげて縛られた上半身をのけぞらせた。

ぬめった舌が敏感な肌を這い回るおぞましさに全身が震えた。

「ふふ、ほんとうに綺麗な肌だねえ。その辺の不良女とは生まれたときから違うんだろうな」

涙声の五月を横目で見ながら、憲一は舌を膝のあたりから股のほうまでじっくりと這わせてくる。

そうしながら、同時に指で五月のピンクの秘裂の上側にある、小さな突起をつついてきた。

「あっ、いやっ、そこは、ああ、だめ、あああ」

内腿に意識が集中していたところに、急に肉芽を刺激され、五月は甲高《かんだか》い声をあげてのけぞった。

二十一歳の身体は敏感な反応を見せて引き攣り、縄に絞られた巨乳も波打っていた。

「意外と感じやすいほうなんだね」

厚めの唇を大きく割り開いた五月を見て、憲一はほくそ笑みながら内腿に当てていた舌を滑らせてきた。

さらに五月の太腿を押してしなやかな両脚を開かせ、本格的に股間に顔を埋《うず》めて舐めはじめるのだ。

「ひっ、だめ、あっ、あ、舐められるのは、あ、つらいの、ああ」

後ろ手縛りの身体をくねらせ五月は懸命に訴えた。二重の大きな瞳にはさらに涙が浮かんでいるが、一方でクリトリスへの刺激に快感も自覚していた。

「どうしてだい？　気持ちいいだろ」

「いっ、いやっ、あのときを思い出すから、ああ、やめて」

五月は処女を強奪されたときに、強姦魔の舌でさんざんそこを舐められてから挿入された。

その記憶が蘇ってつらいのだと、五月は自分の股に顔を埋めているリーゼントの男に懸命になって訴えた。

「じゃあ、俺がその記憶を書き換えてやるさ。舐められるのは最高に気持ちいいって思えるくらいにね、んんん」

五月の哀願もこの男には届かなかったようだ。憲一は激しく舌を横に動かしクリトリスを弾くように舐めはじめた。

「ああっ、いやあ、ああ、ああ、ああん」

たまらない苦痛のはずなのに、五月は背骨まで走るような快感を自覚していた。

これもあの日と同じだ。肉棒の挿入は身体を引き裂かれるような痛みだったが、舐められたときはあきらかに自分は快感を得ていた。

（ああ、どうして）

肉芽はそれだけ敏感にできているのだが、男と交際した経験もない五月は知るよしもない。

自分が感じていることへの抵抗感と、どうしようもない淫らな快感。そのふたつが入り混じって五月は涙しながら喘いでいた。

「いやだいやだと言いながらお汁が出てきてるじゃないか」

股間の合わせ目は徐々に開いていて、膣口からねっとりとした愛液が流れ出している。それにめざとく気づいた憲一は指で軽く掻き回してきた。

「ひっ、だめ、あ、ああ」

ここでも五月は淫らな声をあげて、仰向けの上半身をのけぞらせてしまった。

クリトリスとはあきらかに違う快感に、膣内が熱く痺れていた。

「けっこうエッチなタイプだよね、五月ちゃんって」

少し身体を起こした憲一は指での愛撫に集中してくる。五月の入口を指先で掻き回しながら、もう一方の手で縄掛けされた乳房を揉んで乳首を摘まんできた。

「いやっ、あ、ああ、あああん」

いやでたまらないはずなのに、五月はもうなにかをされるたびに喘ぎ声を大きくしている。

彼の指はさらに奥に侵入し前後にピストンされる。動きに合わせてクチュクチュと粘っこい音まであがっていた。

「ああ、もう許して、あ、ああん」

許しを求める言葉は、膣内を蹂躙《じゅうりん》されるのがいやなのではなく、これ以上、恥ずかしい声をあげるのがつらかったからだ。

もう肌もピンクに上気し、身体がよじれるたびにフルフルと弾む巨乳の先端もズキズキと疼いていた。

(どうしてこんなに……ああ……いや)

この世でいちばん軽蔑していた男に身体を嬲られ、どうして自分はこんなにも感じているのか。

そう思う五月だったが、快感は全身を翻弄し考える力も奪われていく。

「ああっ、だめえ、あっ、あああ」

もう彼の指は二本になり、五月の膣奥に深く食い込んでいる。そこをこねるように刺激された瞬間、腰骨がジーンと痺れ五月は呼吸を詰まらせた。

「はは、すごい感じっぷりだよ、五月ちゃん。ほら愛液がこんなに」

そして突然指を引き抜いた憲一は、楽しげにその手を横たわる五月の鼻先にもってきた。

「い、いやあ、ああ……」

ハアハアと荒い呼吸を繰り返す五月の目の前に、根元まで粘液にまみれ、ヌラヌラと輝く指が突き出される。

とても見ていられずに、五月は目を閉じて顔を横に伏せた。

(どうしてこんなに)

愛液の意味くらいは五月も知っている。この男を相手に自分の身体はセックスをする体勢になっているのか。

初心《うぶ》な五月はただ戸惑い恐怖していた。

「これぐらい濡れてたら充分だ。いよいよひとつになるんだよ、俺たち」

ベッドに緊縛された身体を横たえたまま、自分が濡らしていたショックに目を閉じていた五月の耳に、そんな声が聞こえてきた。

「えっ、あ……い、いやっ」

瞳を開くと憲一はいつの間にか裸になっていて、自らの股間を見せつけるように膝立ちで腰を突き出していた。

五月は悲鳴をあげると再び目を閉じて顔を背けた。

(あれは……なに……)

憲一の股間では隆々と逸物が反り返っていた。五月が恐ろしくて逃避するように目を閉じたのは、強姦魔に犯されたときの痛みを思い出したからだけではない。

膣が裂けるかと思った強姦魔の肉棒よりも、憲一のものは長さも太さも二回り以上は大きかった。

「ふふ、俺のご自慢のチ×ポだぜ。いままで俺とヤッた女はみんな癖になったって言うんだよ、とくにここが引っかかる、てね」

憲一はそう言って自分のへそのあたりにある先端部を指差した。

竿の部分よりも大きく膨らんでいるそこは、傘の開いたキノコのようにエラが張り出していた。

「さあ、いくよ」

恐ろしい肉のエラ。そこを手のひらで少し撫でたあと、憲一は五月のすらりとした白い脚を持ちあげた。

「い、いやっ、入らない、いっ、いやああ」

いびつな形をした巨大な亀頭部を自分の胎内に挿入される。五月は恐怖に顔を引き攣らせ悲鳴をラブホテルの部屋に響かせた。

「大丈夫だよ。女のアソコは子供だって産めるんだからさ」

ばたつかせる五月の両足首をがっちりと大きな手で摑み、憲一は怒張を押し出してくる。

「あぁっ」

亀頭は見た目以上に硬く、そして熱い。媚肉が異様なくらいに拡張されていく。

大きく唇を開いた五月は、あまりの辛さに後ろ手縛りの上半身をくねらせた。

「ほら、どんどん入っていくよ。おお、オツユでヌルヌルして気持ちいいよ」

五月の白い脚をほぼ一直線になるまで開かせ、憲一はゆっくりとだが確実に肉棒を奥に侵入させてくる。

異様なくらいに張り出したエラが、媚肉をこれでもかと引き裂きながら突き進んできた。

「ああ、いやあ、いや、ああ」

泣きわめきながら五月はなんども頭を横に振った。骨盤ごと拡張されていくような感覚に下半身全体が震えた。

二度目の相手も、愛情の欠けらもない男だ。五月は自分の運命を呪いたいとさえ思った。

「さあ、もう全部入るよ、それっ」

憲一のほうはそんな五月の思いなど知るよしもない。欲望のまま肉棒を奥まで挿入し、そこからさらに深くに突き立ててきた。

「ひ、ひあ、ひいい」

膣奥のもう入らないと思うような場所から、さらに奥に向かって硬いモノが食い込んできた。

お腹の中まで貫かれているような感覚に、五月は口をパクパクさせながら言葉も出せなかった。

「おお、すごい締まりだ。さすがは五月ちゃん、オマ×コの感触も極上だ」

こちらは快感に顔を歪めながら、欲望のままに腰を使いはじめた。膣肉を拡張している怒張がピストンを開始する。

「うっ、くう、動いたら、あ、あくう」

彼の動きのリズムに合わせて五月の仰向けの身体が前後に揺れ、縛られた巨乳が胸板の上でフルフルと躍りだす。

五月は大きく開かれた長い脚を震わせながら、なんども頭を横に振った。

「最初は苦しいかもしれないけど大丈夫。ゆっくりなれればいいからね」

言葉のとおり、憲一はピストンを繰り返してはいるが、その動きは小刻みだ。

ここはこの前の強姦魔の暴走的な突きとは違う。

「いや、あああ、許して、くう、あ、ああ」

慣れるという言葉が恐ろしかった。こんなにも巨大な逸物に自分の身体が馴染むというのか。

ただ最初は引き裂けるかと思っていた苦しみが、どことなく緩んできていた。

「あ、くう、あ、はううん」

膣肉のほうもどうしてか感覚が鋭くなっている。カリ首のエラがそこを擦るとあきらかな快感がわきあがる。

一瞬腰が痺れ、五月は開いた唇から甘い声をあげてしまった。

「ふふ、少しは感じるようになってきたんじゃない？　嬉しいね」

女慣れしている口ぶりの憲一はめざとく察知し、肉棒のスピードを少しずつあげてきた。

「あ、ああ、いや、そんな、あ、ああっ」

こんな男のモノで感じているなど思いたくない。ただ身体のほうは見事なくらいに燃えあがっていく。

男の手で一直線に開かれた脚もピンクに染まり、のけぞるたびに艶やかな肌の首筋が引き攣っていた。

「こういうのはどうだい、五月ちゃん」

息を荒くする五月を笑顔で見下ろしながら、憲一は肉棒を一気に後ろにさげた。

「ひっ、ひああ」

強烈に張り出している硬い肉のエラが、膣奥から入口のあたりまでをひどく抉っていく。

腰骨が砕けるかと思うような快感が突き抜ける。五月は大きな瞳をさらに見開き、出したことがないような艶のある悲鳴をあげた。

「それ、こんどは突きだ」

膣口寸前まで下がった亀頭が、こんどは一瞬で奥を突きあげてきた。濡れた媚肉を掻き分け、奥の奥まで巨大な肉棒が食い込む。

「はああん、だめ、あああ」

もう声を堪《こら》えるとかそんな余裕もない。みぞおちのあたりまでわきあがる快感に、五月は白い歯を食いしばって身悶えした。

「やっぱり五月ちゃんっていやらしいタイプだね。このまま淫乱女になっちゃうのは少し悲しいけどね」

清楚で男と交際経験もない五月にひどい言葉を浴びせながら、憲一はその前後運動を繰り返す。

しかもスピードをあげてきていて、エラで膣を擦ってから、続けて最奥を突く動きが続いた。

「ひっ、ひ、あ、あああ、許して、ああ、いや」

媚肉全体から絶え間なく快感がわきあがり、五月は呼吸もままならない。

ベッドの上の緊縛された身体も燃えるように熱くなり、上気した肌には汗が浮かんで流れ落ちていた。

「あああ、お願い、あ、あああん」

自分が女となって感じているのだというのを五月は受け入れられない。

しかもこの男は、自分を誘拐しようとして捕まり、それでもあきらめずに写真で脅してきた卑劣漢だ。

(どうしてこんな人に……)

五月も二十歳を超えているから、男に抱かれたら女も感じるものだというくらいはわかっている。

ただ愛してもいない男の肉棒で自分はなぜ、全身が痺れるほど快感を得ているのか、理解が追いつかない。

「すごく締まってきたよ。うう、もっといくよ」

締まっているという意味はよくわからないが、五月自身も彼の亀頭のエラの突き出しを自分の媚肉でより強く感じていた。

生々しく抉っていくカリ首が動くたびに、伸ばされた脚の先まで快感が走った。

「いやあ、ああん、あ、だめ、ああ」

縛られた上半身も無意識にくねり、ベッドのシーツにシワが浮かぶ。

断続的に強い快感がわきあがり、五月は大きな瞳を泳がせはじめた。

「おお、もうイキそうなんじゃないの五月ちゃん？　イッた経験ないよね」

しなやかな脚を開かれた五月の股間に腰を強く叩きつけながら、憲一が血走った目を見せる。

「女性はね、二回女になるって知ってる？　一回目は処女を失ったとき、二回目は初めておチ×チンでイッたときだよ」

淫らな知識をひけらかしながら、憲一はさらに怒張のピッチをあげてきた。

ぱっくりと開いたピンクの秘裂に、どす黒い色をした太い肉茎が高速で出入りを繰り返す。

「いやっ、ああ、そんなの、いやあ」

二度も好きでもない男に初めてを奪われるというのか。あまりの悲しさに五月は涙を流して首を横に振った。

そんななかでも肉体は、愛液を掻き出しながらピストンされる肉棒に溶け堕ちていく。

「ああ、私、あああ、だめ、ああ、ああ」

涙に潤んだ瞳を、自分の脚を引き裂いてる憲一に向けて、五月は切ない声をあげた。

自分が女の極みに向かっているのだと、本能で察していた。

「イクんだね、五月ちゃん。イクときはイクって言ってくれたら嬉しいな」

あらためて五月の足首を強く握り、憲一はさらに激しく腰を使う。

亀頭のエラが膣壁を抉り、先端が強く子宮口を巻き込んで突きあげられた。

「ああっ、はあん、五月、ああ、イッちゃう、あ、ああ」

どうしてこんな男の言いなりになっているのかわからない。ただもうなにかを考えるのもつらい。

ただひたすらに喘ぎながら、五月は大きな瞳を宙にさまよわせた。

「ああ、イクっ」

最後は巨乳をこれでもかと弾けさせ、縛られた上半身をのけぞらせた五月は甘美で激しい快感に飲み込まれた。

胎内を埋めつくす怒張を媚肉で食い締めながら、伸ばした脚を痙攣させた。

「うう、五月ちゃん、俺もイクよ、うう」

五月が絶頂に達するのとほとんど同時に、憲一は怒張を奥に突き立て腰を震わせた。

「えっ、あ、いや、そんな」

彼の肉棒がさらに膨張するのと同時に、粘っこい液体が膣奥に放たれた。

絶頂感に翻弄される五月は驚きに目を見開く。

「いやあ、赤ちゃんはいやあ」

膣内に感じる精液の感触。この前の強姦魔は避妊手術を受けていると言っていたが、憲一は女性を妊娠させることが可能なはずだ。

「ううっ、俺の子供を宿しくれよ」

「いや、いやあ」

恍惚とした顔の憲一はグリグリと亀頭を膣奥に擦りつけるようにしながら、なんども精を放ってきている。

五月はもう絶望感に打ちひしがれながら、涙声をラブホテルの部屋に響かせつづけた。

このラブホテルの部屋は天井がやけに高くて開放感がある。天井板がないかわりに配管の太いパイプが何本が剝き出しになっていた。

そこを見てちょうどいいと言った憲一は別の縄を通して、後ろ手の五月の身体を吊りあげた。

「ああ、こんなの、いやあ」

吊られたのは乳房を縄で絞られた上半身だけはない。両膝もパイプに通された縄で吊られ、なんと五月は空中でM字開脚の体勢でぶら下げられていた。

「ブランコみたいだね。子供時代を思い出すだろ」

両腕は背中に回し、白くしなやかな両脚は膝を吊られて大きく開かれ、薄毛の陰毛や凌辱のあとも生々しい秘裂も剝きだしだ。

完全に空中に浮かんでいる美しい女体を、憲一は手で押して揺らしてきた。

「いや、下ろして、ああ」

天井下のパイプに通された三本の縄がギシギシと音を立て、縄に絞られた形のいいバストがフルフルと揺れる。

空中に浮かぶ恐怖に青ざめている五月は、なよなよと首を振って元同級生である男に訴えた。

「五月ちゃんってけっこう縄が似合うからこうしているほうがいいよ。ふふ、俺の精子がアソコから溢れてるよ、たくさん出したからね」

「いっ、いやっ」

ちょうどお互いの股間が同じくらいの高さになる位置に、五月は吊られている。

肉棒を剥き出しにした彼の言葉に、自分の開かれた股を見た五月はたまらず声をあげて目を背けた。

ピンク色をした膣口はまだ少し開いていて、中から白い粘液が溢れていた。

(この人の赤ちゃんなんて……ああ……)

自分をこんな目にあわせた悪人の子供を妊娠すると考えると、背筋に悪寒が走る。

子供はどうすればいいのか。姉や義兄にそんなことを相談できるはずもない。

「ああ……」

もういっそ死んでしまいたいと、五月は唯一自由になる頭を肩に擦りつけながら、シクシクとすすり泣くのだ。

「どうしたんだい、五月ちゃん。泣きやんでよ」

自分の行いのせいで五月が泣いているというのは、憲一にも充分にわかっているはずだ。

なのにそんなセリフを口にしながら、縄にくびれた五月の美しい乳房を揉んでくる。

「あっ、いやっ、もう触らないで、ああ」

そして彼の顔はにやついている。どこまでも人間が歪んだ男なのだろう。

そんな男の子種がいまも自分の胎内のあると思うと、五月はほんとうに舌を嚙み切りたくなるのだ。

「まあ、気持ちよくなって楽しめばさ、いやなことも全部忘れられるよ」

憲一は嗚咽《おえつ》をあげる、五月のM字に開かれた両膝に手をあてがってきた。

そして自分の大柄な身体を密着させてくる。

「ひっ、いやっ」

彼から視線を逸らしていた五月は、股間に硬いものが当たるのを感じて目を開いた。

五月の身体はちょうどふたりの股間どうしが同じ高さになる高さに吊られてる。か細い陰毛の土手のあたりに彼の肉棒が触れていた。

悲鳴をあげた理由は肉棒が触れていたからだけではない。射精を終えて萎えていたはずのそれがいつの間にか勃起していたからだ。

「ふふ、今日から時間が合うときは最低二回はするからね。ちゃんと予定表を俺に提出するように、いくよ」

自分勝手な、そして恐ろしい要求を五月に突きつけながら、憲一は怒張を精子の痕も生々しい膣口に押し込んできた。

「いっ、いやあああ」

五月は絶叫して後ろ手に縛られ吊された身体をよじらせるが、憲一は容赦なくその硬い逸物を押し込んできた。

異様にエラが張り出した亀頭部が宙に浮かんだ秘裂を拡張していく。

「まだ濡れてるよ、五月ちゃん」

先ほどの絶頂の余韻も残っている五月の媚肉は、巨大な逸物を静かに呑み込んでいく。

圧迫感はあるものの、最初のときのように苦しいと思う感覚はない。

「ああ、いやっ、あ、ああ」

濡れた媚肉の中をぬるりと滑りながら怒張がどんどん入ってくる。

また暴走を始めた自分の肉体が怖くて、五月が吊られた身体をよじらせるなか、先端が一気に最奥を捉えた。

「ひ、ひあ、ああっ」

怒張が根元まで入りきった瞬間、後ろ手の身体をのけぞらせた五月の唇の間からあがったのは、甘い喘ぎ声だった。

強い快感が背骨を突き抜け、一撃だけなのに息づかいが激しくなっていた。

(私の身体……どうして……)

妊娠の恐怖に怯えているというのに、肉棒が入った瞬間に身体がもう燃えさかっている。

自分の肉体が心から離れていく。そんな感覚に五月はさらに怯えるのだ。

「ふふ、中がヒクヒクしているね。もうチ×チンが好きになってきてるのかな」

膣内もまた淫らに反応していると、大きな瞳を涙に濡らす美女に告げながら、憲一は五月のM字開脚の両膝を手でグイッと押した。

「いやっ、ひっ、あ、だめ」

吊られた身体が一度持ちあがり、亀頭のエラが強く膣肉を擦りながら膣口まで戻っていく。

甘い快感に五月が喘ぐなか、憲一が膝を押していた手を離した。

「ひいっ、いやあ、はあん」

縄が軋《きし》む音をたて、五月の身体が振り子の要領で戻っていく。亀頭部が再び強く膣奥に向かって突き立てられた。

「ひっ、ひあ、ああ」

傘の開いた巨根に向かって、自分の体重ごと膣奥を浴びせるかたちになる。

あまりの衝撃に五月は目を白黒させながら天井を向いていた。

「ふふ、これいいね。ほら、もっといくよ」

唇をパクパクさせている五月を見てにやりと笑った憲一は、押しては離すの動きを繰り返してくる。

巨大な怒張が膣口から姿を現し、勢いよく吸い込まれていく。

「ひ、ひ、あ、ひい、ひあっ」

ふたりの股間がぶつかる乾いた音がラブホテルの部屋に響く。

衝撃と言っていい快感が頭の先まで突き抜けていき、五月はもう意識すら怪しくなっていく。

「おっ、五月ちゃんのアソコ、くっ、締まってるよ、そんなに気持ちいいのかい？」

快感に顔を歪めて言った憲一の手でさらに押され、五月の身体は大きく後ろにもっていかれる。

そして手が離されると、M字開脚の下半身が勢いよく巨根に向かう。

「ひいい、あ、ああ、許してえ、ああ」

亀頭が抜け落ちる寸前まで引かれた肉棒が、開いたエラで中を擦りながら膣奥に突き立てられる。

五月はもう意識も飛びとびになり、ただ唇を割り開いてよがり狂った。

「もっと絞めてきた。これはきつい、うう」

憲一もこもった声をもらしている。こんな地獄のような責めのなかで、五月の媚肉はどんどん淫らに成長をとげていた。

「ああ、はあっ、いや、ああ、また、ああ、私」

そして五月は二度目の絶頂に向かおうとしていると自覚した。もう吊られた下半身は熱く蕩け、膝から下がなんども引き攣っている有様だ。

「またイクんだね、五月ちゃん。いいよイカせてあげる。そのかわり、あとでちゃんと俺に明日からの予定を出すんだよ、いいね」

もう目線も定まらない五月に向かい、憲一は大きな声をあげた。

「ああ、はいい、ああ、ああ、もうだめえ」

M字開脚の身体は凄まじい勢いで彼の股間に叩きつけられ、縄に絞られた巨乳がブルブルと波打っている。

引き裂かれた膣口から愛液にまみれて輝く肉竿が姿を見せては、吸い込まれるを繰り返している。

反射的に彼の言葉に頷きながら、五月は限界の叫びを響かせた。

「ああっ、もうだめ、ああ、イク、五月、イッちゃう」

縛られ吊られ、しかもこの世でもっとも忌み嫌う男の肉棒で、無茶なほど突きまくられている。

なのに全身が悦びに震え、肉欲に心まで呑み込まれていく。自分はもう彼の言うように淫乱な女になるしかないのか。

そんな思いを抱きながら五月はすべてを快感に委ねた。

「イクう、ああ」

ズンと怒張が膣奥に打ち込まれた衝撃とともに、五月は絶頂を極めた。

M字開脚の下半身を憲一の股間に密着させながら、五月は縄の食い込む白い身体を空中でのけぞらせ、開かれた内腿とビクビクと痙攣させた。

「うう、俺もイク、くう」

両手で五月の膝を引き寄せ、憲一は子宮に届けとばかりに射精を始めた。

「ああ……また中に、あ、ああ」

二度目の精液がドクドクと膣内に放たれている。かすれ声をもらした五月だったが、なぜか悲しいという気持ちは起こらず、瞳を妖しく潤ませながら、断続的にわきあがる絶頂の発作にただ身を任せていた。

第四章　大量潮吹き絶頂

光恵が食材の買い物に出る時間帯。それを狙ったように幸村家の電話が鳴る。

「もしもし……幸村でございます」

重たい気持ちで香純は受話器を取る。もう相手が誰なのか察しはついているが、知らないふりをして電話に出たのは、予感が外れてほしいという思いからだ。

「奥さん、木塚です。今日のお召し物は着物ですかな」

香純が出るなり、木塚は興奮気味に電話の向こうでまくしたてた。悲しいかな香純の予想はあたっていた。

「そうでございます……わ」

もう電話をかけてくるなというやりとりをする気持ちにも香純はなれない。どうせ言っても、木塚はまたすぐに電話をかけてくるからだ。

「では下着はつけていないのですかな」

「つけておりませんわ。あなたがおっしゃったようにしております」

木塚は着物のときはノーパンで過ごしてほしいと要求してきていて、香純もいやいやながらそれに従っていた。

ただ電話口で狼狽《ろうばい》したりすると、木塚がよけいに調子に乗りそうな気がして、淡々とした口調で返事をした。

「冷たい反応ですな、この前はあんなに熱く求め合った仲じゃないですか」

「も、求めてなんかおりません」

残念そうな声の木塚に、香純は少し声を荒くして答えた。ただ彼の言っている言葉は嘘ではない。

木塚と佐倉の肉棒でねっとりと責め抜かれ、喜悦のよがり泣きを響かせたのは隠しようもない事実だ。

解放されて自宅に戻ってから十日以上経つが、香純は毎日のようにあのときの自分を思い出して涙するのだ。

（ああ……いや……）

切れ長の瞳からは涙が伝い落ちるのだが、同時に香純の身体は彼らの淫らな責めを思い出し、媚肉を熱く疼かせるのだ。

そしていまも木塚の声を聞きながら肉棒の感覚が蘇《よみがえ》り、着物の中で下着なしの股間が痺れ、愛液が内腿にまで伝うのだ。

「聞いてますか、奥さん。私のチ×チンは気持ちよかったでしょう」

己《おのれ》の肉体の変化を感じ心がさまよっていた香純の耳に、受話器から大声が響いた。

数秒間だが香純はぼんやりとしてしまっていたようだ。

「そ、そんなことありませんわ」

急にはっとなった香純は反射的にそう答えた。たとえ事実が違っても素直にそうですと認めるなどできるはずがない。

幸村流宗家の妻である自分が、高利貸しの男の肉棒でよがり泣きましたと、口に出すわけにはいかないのだ。

「ふふ、そうおっしゃると思っておりましたよ。ではこれを聞いてください」

香純の返事を聞いても木塚はどこか余裕のあるセリフを吐いた。そしてすぐにラジオのノイズのような音が受話器を通して聞こえてきた。

『ああ、木塚さん、ああ、いいわ』

少し音声は悪いがそれが自分の声だとわかり、香純は目を見開いた。

続けて、ああ、たまらない、もう香純イキますわ、と切羽詰まったよがり泣きが聞こえ、最後はイクという叫びで再生が終わった。

「思い出していただけましたかな。私との熱いセックスを」

布団の上で縛られた身体をくねらせて、もっともっとと求めてきたじゃないですかと、再び電話口で木塚は笑うのだ。

もっとと求めた記憶が香純にはないが、途中、意識が朦朧としていたときもあり、否定はできなかった。

「どうして録音なんかしていたのですか。ひどすぎますわ」

写真や録音テープを返してもらうために、香純は彼の言いなりになっているというのに、さらに新しい録音をされているとなるとなんのために耐えていたのか、わからなくなる。

「ははは、そこは申し訳ない。これは松村さんが勝手に小型のテープレコーダーを回していたのです。次回はそんなことはさせませんし、このテープもまとめてお返しさせていただきます」

約束を破るつもりはない。こんどの週末も録音テープは回さないと木塚は答えた。

「週末が楽しみですな、奥さん。奥さんのほうも期待しているのじゃないですかな、どれだけ気持ちよくなれるのか、何回イケるのかと」

「そ、そんな」

ネチネチとした口調で木塚はそんなことを口にした。自分はいまどきのサラ金のような暴力的な取り立てはしないと豪語していたが、こんな粘着質に絡まれるのなら殴られたほうがまだましに思えた。

「次回が最後ですからな、縄も奥さんの肌にさらに馴染むように煮込んだりしているのですよ。あと奥さんがリラックスできるように舶来もののマッサージオイルも入手いたしました」

木塚は自慢げに受話器の向こうで笑っている。また縛られ怪しげな油まで身体に塗りたくられるというのか。

「ああ……」

恐ろしくて香純は言葉も出ないが、一方で下腹部の奥が熱く疼いた。

縛られて股を開らかされ嬲られる自分。それを想像すると被虐への昂《たかぶ》りがあった。

「も、もう家のものも戻ってまいります。お切りしてもよろしいでしょうか？　今週末は必ずうかがいますので」

香純は夫が演奏会でいない今週の日曜日、またあの料亭に行き、彼らに身を委ねる予定だ。

死んだ気になって最後のときを耐え抜き、すべてを終わらせなければならないのだ。

「おお、そうでした。今日はクドクドとこんな話をするために電話したのではない。こんどのときに奥様に使用させていただく道具のカタログを、いま若い者にもっていかせました」

封筒に入れて家のポストに入れたので確認してくれと木塚は言った。

「そ、そんな」

なんのカタログなのか。不審な郵便物なら光恵が先に確認することもある。

香純は慌てて受話器を置くと、玄関を駆け出した。

「ああ、ほんとうに」

和服姿のままサンダルを引っかけ、なんとか光恵が戻る前にポストにたどり着いた。

中を見ると他の郵便物に混じって、大きな茶封筒が入っていた。「幸村香純様へ」とマジックで殴り書きされた、切手も貼っていないそれを香純は抱《かか》えるようにして家のほうに戻った。

「い、いやっ」

誰も来ない寝室に行って中を確認すると、木塚の言っていたとおり、中身は雑誌サイズのカタログだった。

ただ表紙からして、やけに布の少ない下着姿の外人女の写真だ。

そして恐るおそるページをめくった香純はさらに驚くことになる。

「ああ……」

中はさらにセクシーな下着をモデルたちが着た写真で、ブラジャーにスリットが入っていて乳首が露出しているものもある。

「はっ」

たまらずカタログをベッドに投げ捨てようとしたとき、あるページに折り目がついていることに香純は気がついた。

震える指でそこをめくると、男根の形を模したバイブが並んだページだった。

さらに赤丸で印がされているものもある。黒色のバイブで竿の部分にイボイボが並んだグロテスクな姿をしていた。

「こ、こんなの」

こんな不気味な道具を使われて彼らに責め立てられるのか。

(いや、絶対にいや……)

和服がシワになるのもかまわずに、香純はベッドに身体を投げ出して、シーツに顔を埋《うず》めた。

そしてシクシクとすすり泣きを始める。今週末どんな地獄がまっているのだろうか。切れ長の瞳から涙を流しながら、香純はシーツを握りしめた。


先日と同じ料亭に入り、池にかかる橋を渡った。これも前と同じ従業員の男が縄を巻きあげ橋の板が上がっていく。

そのギイーという音に香純は前回以上の絶望感を覚えた。

「あっ、ああ、いやっ、こんなの、ああ」

離れに入ると、前回よりも男がひとり増えていた。驚く香純に木塚はもともと四人の予定で、前のときは事情でどうしても来られなかったのだと説明し、香純の和服を脱がせにかかった。

あっという間に裸にされた香純は、新たな者を加えた男四人がかりで、木の高級そうな座卓に乗せられ、四肢を大の字に開いて縛りつけられた。

「この男は橋剛也《はしたけや》と言いましてね。女の身体を調教するのを生業《なりわい》にしておる者なのですよ」

「えっ、調教？」

木塚に紹介された橋は身長はそれほど高くはないが筋肉質で、角刈りの髪型をした眼光鋭い男だった。

調教という言葉と橋のあきらかに一般人とは違う雰囲気に驚いて、香純はすべてを晒している白い身体を起こそうとするが、黒髪をアップにした頭を動かすのが精一杯だ。

香純の手脚は座卓の四隅に向かって縄で引っ張られていて、肘も膝も伸ばされ大きく開かれている。動いてもその縄が軋む音がするだけだ。

「久しぶりに素晴らしい素材だね、木塚さん。録音テープも聞いたが素質も充分にありそうだ」

松村や佐倉のときとは違い、橋は香純の肉感的な身体が開かれているのを見ても、やけに冷静な感じだ。

プロフェッショナルを感じさせる男の振るまいが、香純の恐怖を強く煽りたてた。

「さあ、奥さん。まずは身体をほぐそうか?」

丸みのある顔を蒼白にして座卓に横たわる香純を見おろして橋は言ったあと、部屋のすみのほうから小さな鍋をもってきた。

そこには湯が張られていて湯気があがっている。中に小さな瓶が立ててあった。

「まずは軽くマッサージからだ」

橋はその瓶を持ってフタを開けると、香純のお腹のあたりに中身を垂らしてきた。

「あっ、いやっ」

思わず身を硬くする香純だったが、オイルはほんのりと熱い程度で、黄みがかったそれがほどよく肉のついたおへそのあたりに広がっていった。

「先日お話しした、舶来もののオイルですよ。女性の身体を熱く燃やして心までほぐしてくれる作用があるそうですが、私も使うのは初めてですから、どうなるかな」

このオイルが木塚が電話で話していたもののようだ。橋は充分にオイルを香純のうえに垂らしたあと、両手で伸ばしはじめた。

「あ、いやっ」

分厚くごつい橋の手が香純の身体を這い回ってオイルを伸ばしていく。

橋の手は指も太くて長く、それが肌に絡みつくような感じがして香純は声をあげた。

「い、いや、あっ、だめ、ああ」

橋は丁寧な動きでぬめったオイルを、香純の仰向けでも見事に盛りあがった巨乳や、脇の下、腰へと伸ばしていく。

オイルが擦り込まれてしばらくすると、皮膚がヒリヒリと熱い感じがしてきて、香純は声をあげた。

「ふふ、さっそくいい声が出てきましたな、奥さん」

座卓の横に立って大の字の香純を見おろしている松村が、眼鏡の奥の目を輝かせて笑った。

その言葉に少し微笑みを浮かべた橋は、さらにオイルを香純の両腕や太腿にも追加した。

「みんなも奥さんをマッサージしてあげてください」

「よしきた」

橋の言葉に、松村、佐倉、そして木塚の三人も加わり、香純の脚や腕にもオイルを擦り込みはじめる。

「はあ、あ、いやっ、あ、ああ」

計四人の手がオイルに濡れ光る白い肌を這い回る。香純はたまらず声をあげて身体をよじらせるが、縛られた手脚はまったく動かず、かわりに豊満な乳房が揺れた。

男たちは眉間にシワを寄せて喘ぐ美夫人をにやけ顔で見つめながら、さらに手を大きく動かしてオイルを擦り込んでいく。

「あっ、あ、これ、あ、ああ」

肌がやけに敏感になっている気がする。とくに脇や乳首などもともと鋭敏な部分は、ムズムズとむず痒くなっていた。

「ふふ、乳首も尖ってきましたな」

オイルに光りながらフルフルと揺れている美しい巨乳の先端は、香純の昂りを示すように尖りきっている。

そのふたつの突起を松村が同時に摘まんで引っ張りあげた。

「ひっ、ひあ、ああ、あああん」

乳房まで伸びるほど引きあげられているというのに、痛みなどいっさいない。かわりに背骨まで痺れるような快感が駆け抜けていき、香純は離れの部屋中に響くような声をあげた。

（どうして……）

きつめの責めを受けてもすべてが快感に変わっている。そんな自分の身体に香純は恐怖するが、肌はさらに鋭敏さを増している。

（オイルになにか薬が……）

身体をほぐすためのいろいろな成分が入っていると木塚は言っていたが、快感を煽るような薬が入っているのではないか。

ただいまごろ気がついてもときすでに遅し。大の字縛りで無防備に秘裂まで晒した状態ではなにもできない。

「あっ、いや、は、ああ、あああ」

男たちの手のひらが動くたびに、軟体動物が肌の上を這い回っているような感覚がある。

ただそれが奇妙なくらいに心地いい。いつしか香純は悩ましい声まであげながら、腰をよじらせていた。

「ずいぶんと感じているじゃないか、奥さん。ここも開いてきてるぞ」

香純の横側にいる調教師の橋が、あらためて瓶からオイルを自分の指に塗り、それをいつの間にか門を開いている膣口に挿入してきた。

「ひっ、ああ、いや、やめて、ああっ」

オイルの滑りか、それとも愛液のぬめりか、二本束ねられた橋の太い指は、あっさりと媚肉に呑み込まれていく。

硬い指先が膣奥を抉り、香純は甘い快感に、開かれた太腿を引き攣らせて喘いだ。

「なるほど、木塚さんから聞いていたとおり、吸いつくような名器じゃないか」

厳しい表情のまま橋は二度三度と香純の中で二本指を動かしたあと、あっさりと引き抜いてしまった。

（どうして……）

責められずにほっとした反面、なごり惜しい気持ちを香純は感じていた。

それは膣肉も同じで、刺激を求めてうごめくような感覚まであった。

「ふふ、そうでしょう、まさに男を喜ばせるために生まれてきたような身体なのですよ、この奥さんは」

こちらは終始えびす顔の木塚が、香純が唯一身につけている白足袋を脱がせていく。

「さすが幸村夫人だ、足の裏まで綺麗なもんだ」

そんなことに感心しながら、木塚は香純の足裏にもオイルを塗り込んでいった。

「あ、いやっ、そんな場所まで、あ、いや」

くすぐったさとひりつくような熱さを足の裏に感じ、香純はオイルに濡れた白く肉感的な二本の脚をよじらせる。

とはいっても膝が少し内股になるくらいで、動きは座卓の脚に繋がれた縄によって封じられていた。

「ああ、いやっ、ああ、はうっ」

足裏を滑ってく木塚の指に悶絶するいっぽうで、香純は膣内にもズキズキとした疼きを感じていた。

痒みのような痺れのような感覚で、膣道全体が熱くなっている。

「こ、こんなの、あ、ああ」

小さめで形の整った唇を半開きにした香純は、自ら腰をくねらせはじめた。

媚肉を襲う焦燥感はどんどん強くなっている。オイルに混ぜられた薬のせいだろうか、中を責めてほしくてたまらない。

「奥さん、ここを虐めてほしいのかい？」

オイルに濡れ光る大の字の身体をよじらせ、ついには腰を上下に揺すりはじめた香純の、秘裂の上部から小さく顔を出しているクリトリスを、橋が指で軽く弾いた。

「ひうっ、ああ、そこは、はあん」

肉芽から腰骨が砕けるかと思うような快感が走り、香純は腰をガクガクと震わせてよがり泣いた。

もう自分を偽っている余裕もない。切れ長の瞳を潤ませすがるような目で橋を見つめた。

「ああ、もう、ああ、おかしくなりそうです」

耳まで赤くした顔を橋に向け、ハアハアと荒い息で訴えた。

「だめだ、奥さん。もう少し辛抱するんだ。そのかわり新しい感じる場所を俺が教えてやる」

もう泣き顔ですがる美夫人に厳しい言葉を投げかけた橋は、また指を二本束ねて香純の秘裂の中に挿入してきた。

太い二本の指はなぜか膣の中ほどで止まり、天井側をグリグリとまさぐっている。

「ひうっ、あ、いやっ、ひい、あああん」

そしてあるポイントに橋の指が触れると、香純は縄が軋むほど背中をのけぞらせた。

膣奥やクリトリスとはあきらかに違う強い快感が、身体の前面を駆け抜けたのだ。

「ここだな、奥さんのGスポットは」

聞いたことがない言葉を口にしながら、橋は指の腹でその場所を責めつづける。

「あ、ああ、だめ、ああ、そこばかり、ああ、許してえ、ああん」

なぜこんなに喘ぎ声が止まらないのか香純もわからない。ただ大の字に開かれた肉感的な身体を絶え間なく快感が突き抜けている。

同時に奥を責めてもらえない焦れったさが、香純をより狂わせていた。

「ふふ、ここでも女はイケるんだよ、奥さん。気をやれる場所で増えてよかったな」

「そんな、ああん、知りたくない、ああ、いやあ、あああ」

調教師という言葉の意味を香純はあらためて思い知っていた。橋はこうして女を肉欲に堕とすプロなのだ。

被虐的な快感にまで目覚めている香純は、彼の女を泣かせる技術を前にしたら、もうされるがままに狂うしかないのだ。

「ああ、はあああん、ひい、ああ」

断続的に身体の前面を甘い痺れが突き抜ける。夫に申し訳ない、女として恥ずかしい、という気持ちはいまだあるが、肉体はさらに燃えさかった。

「佐倉さん、奥さんはいま男が欲しくて仕方がないみたいだ。せめてお口で味わわせてやればどうですか？」

調教師に導かれ、大きくうねるオイルに濡れた美しい人妻。他の三人はその痴態を呆然と見ているだけの状態になっている。

その中のひとりである佐倉に橋は少し笑って声をかけた。

「なるほど、了解」

佐倉はすばやく下半身裸になると、まだ萎えている肉棒を香純の開きっぱなしの唇に押し込んできた。

「あ、だめ、んんん、んくう」

強引に亀頭がねじ込まれ口内に苦い味とすえた臭いが広がっていく。

「んんん、んんん、んく」

思わず吐き出そうとするが膣内の橋の指が激しく動きだし、身体の力が抜ける。

その隙に肉棒がどんどん口内で膨らんできた。

「奥さん、ほらがんばって舐めるんだ」

座卓の横に膝立ちになって香純の小さな唇を犯している佐倉は、自ら腰を使ってピストンを開始した。

「ふぐう、んんん」

もう肉棒はかなり硬化していて、香純の小さな唇は引き裂けそうだ。

ただもうこうなれば開き直るしかないと、香純は舌を動かしはじめた。

「そうだ奥さん、いいよ、吸いながら舐めるんだ」

積極的にフェラチオをしはじめた香純に佐倉がにやりと笑った。

言われたとおりに頬をすぼめながら、香純は音を立てて怒張に奉仕しはじめた。

「いいぞ奥さん、これでオマ×コの奥を犯してもらえない気もまぎれるだろう」

そんなことを言いながら、橋は指でGスポットだと言った場所をこねつづける。

「ん、ふう、ううっ、んんんんん」

橋の言葉を聞いて香純は膣奥を意識してしまう。オイルの疼きがさらに強くなりジンジンと痺れている。

焦らしと快感が胎内で混ざり合い、香純は頭の芯まで痺れ堕ちていく。

「んん、んく、んんん」

もう完全に硬化している亀頭に舌を絡ませて強く吸う。口内に感じる牡の香りや味にも香純は酔いしれていた。

もっと自分を汚してほしいそんな被虐的な感情まで抱きながら、ひたすらに怒張に吸いついた。

(これがもし中に入ったら……)

前回、この巨根で膣奥を突きまくられた感触が蘇る。頭の芯まで痺れるような快感に酔いしれた自分を思い出すと、全身が燃えるように熱くなった。

だが肝心な場所は突いてもらえない。焦れる思いをぶつけるように香純は怒張を激しくしゃぶり抜いた。

「うう、奥さん、激しいよ。ずっと溜めてたから、もう出すぞ」

あまり時間も経たないうちに佐倉が音をあげた。彼は膝立ちの身体を震わせながら腰を前に突き出した。

「んん、ん」

喉奥の近くにまで亀頭が押し込まれてむせかえりそうになる。ただ頭を佐倉の手で押さえられているので苦しくても逃げられない。

あきらめの気持ちのまま、香純は大の字の身体を微動だにせず、発射を受け止めていく。

「うう、奥さん、吸ってくれ」

佐倉はなんども腰を震わせながら、香純の口内に射精を繰り返す。

溜めていたの言葉のとおり、かなり臭いのきついドロリとした精液が喉に流れ込んでくる。

瞳を閉じた香純は言われたままに、亀頭に吸いつきながら粘液を飲み干していった。

「くう、いやらしい吸い方だぜ、うう、まだ出る」

佐倉の声だけが目を閉じている香純の耳に聞こえてきた。自分の口淫で男を悦ばせいると思うと香純は不思議な満足感を得て、最後の一滴まで絞るように吸い込んだ。

「ふふ、よかったぜ、奥さん、あんたも板についてきたな」

最後に強く腰を震わせた佐倉は、満足そうに笑って肉棒を引きあげた。

香純の小さめの唇を飲みきれなかった精液が白く染めていた。

「さあ、奥さん、こんどはあんたの番だ。たっぷりと出してみな」

「えっ」

大きく開かれている肉感的な下半身のほうから、調教師の声が聞こえて来て、香純は閉じていた切れ長の瞳を見開いた。

出すとはなんの意味かわからない。ただきっと恐ろしいことが起こるという予感だけはしていた。

「Gスポットでイクときは、女性は潮を吹くのですよ。橋さんは吹かせる名人です」

虚ろな状態から驚きで覚醒した香純の顔を覗き込んで、大学教授の松村がそんなことを言った。

「一言で言えば女の射精だな。奥さんはそのまま身を任せるだけでいいからな」

松村の言葉ににやりと笑って反応した橋は、香純の媚肉を嬲る手のスピードをあげてきた。

「い、いやっ、そんなの、あ、ああああ」

女が射精をするなど聞いたこともない。自分がそのような浅ましい姿を男たちの前で晒すなど耐えられない。

もういっそ死んでしまいたいと香純は唇を噛むが、身体の前側を快感が突き抜けていくたびに大の字の身体が勝手によじれるのだ。

オイルに濡れ光る巨乳もフルフルと波打ち、呼吸が速くなって首筋から鎖骨のあたりまでがうねっていた。

「あっ、ああ、いやああ、ああん、ああ」

そして淫らな声も止まらない。佐倉の精液がついた唇を大きく割り開いて、香純はひたすらによがり泣きを続けた。

「ふふ、もうイキそうだな。この前に見せてもらった女はピュッピュッと少しだけ噴いたが、個人差はあるのですかね、橋さん」

香純の媚肉嬲りに集中している感じの橋に、松村がそんな声をかけた。

「それは人それぞれですよ。そうだな、淫乱な女ほど派手に噴きますな。この奥さんはどうなのかな」

調教師はしたり顔で言うと、香純の膣内に押し込んでいる二本の指で、その場所を持ちあげるようにして刺激しはじめた。

「ひいい、ああ、あああああ」

下腹により強い痺れを感じる。膣奥とはあきらかに違う未経験の快感。

驚きに心を乱す香純の、オイルにまみれた身体が絶頂に向かう脈動を始めていた。

「はは、そりゃあいい。じゃあ、奥さんは、幸村家のご夫人としてなるべくお淑《しと》やかに射精しなくちゃな」

笑い声をあげた木塚がそう言うと、松村や佐倉も楽しげに大笑いしだした。

「ああ、そんな、いやあ、ああ、だめええ、あああ」

こんな男たちの前でこれ以上の醜態は晒したくない。ただもう自分の肉体が限界であるのは香純もわかっていた。

歯を食いしばり懸命に耐えようとするが、もう内腿まで痺れて力が入らなかった。

「ああ、イキます、イクっ」

その白い太腿をビクビクと痙攣させて香純はのぼりつめた。大の字の濡れた身体が座卓の上で大きくのけぞる。

その瞬間を見極めるように膣内にある橋の指が激しく前後した。

「い、いやっ、だめっ、ああ」

下腹部を駆け下りていくなにかを感じ、香純は目を見開いた。

離れの和室に悲鳴が響くのと同時に、美夫人のピンクの媚肉から一筋の水流が噴きあがった。

「おおっ」

ビュッと勢いよく斜め上に向かって透明の水が飛び出した。その量はかなり多めで、橋以外の三人の男が声をあげた。

「まだ出るだろう、奥さん」

三人が目を輝かせて香純の狂態を見つめるなか、調教師の橋だけは冷静に膣内に入れた二本指をピストンさせる。

「ああ、いやっ、ひっ、いやあ」

潮吹き現象は一度では止まらず、二度三度と水流が噴き出す。それが自分の身体から放出されているという現実が受け入れられず、香純は目を閉じることもできずにただ絶叫を続ける。

「ああ、はあああん、いやあ、ああ」

そして発射のたびに強烈な快美感が突き抜けていく。オイルに濡れた内腿を引き攣らせながら、香純は潮を吹きつづけた。

「すごいぞ、奥さん。もっと出せ」

木塚が感情を爆発させ、小躍りしながらやんやと囃《はや》したてる。異様な雰囲気の中で香純はその発作を続けた。

「ふふ、たっぷり吹いたな、奥さん」

最後に弱めの水流をちょろりと出しあと、潮の放出がやっと止まった。

香純はがっくりと頭を座卓の上に落とし、ようやく息を吐いた。

「すごい量ですね。この潮の量をどう見ますか、橋さん」

香純の大きく開かれた肉感的な両脚の間からのぞく座卓の天板の上には、大量の液体がまき散らされて水たまりを作っていた。

それを見て松村が珍しく興奮気味に尋ねた。

「こんなに噴き出す女はちょっと見たことないですね。まさに素質の固まりだなこの奥さんは」

橋も目を輝かせながら香純の大の字の肉体を見つめている。女にさんざん潮を吹かせてきたという調教師も驚くほどの量なのか。

「はは、変態の素質か。幸村家の奥様がな、ははは」

崩壊した香純を見ているのがよほど楽しいのか、木塚が大笑いし、つられて他の男たちも笑いだした。

「そんな……ああ……」

あまりのつらさに香純はすすり泣きを始める。そんななかでもオイルの染み込んだ大の字の身体はいまだ疼いていた。

憲一の車に乗せられて連れてこられたのは、都心の表通りから少し奥に入った和風建築の前だった。

「東京のお嬢様になった五月ちゃんはこういう場所には行き慣れてるかな？」

少し嫌みっぽく笑った憲一によれば、ここは金持ちしか来られない高級料亭だという。

五月はこんな場所に来るのは初めてだ。幸村家は東京の郊外にあり、大学もその近くにあるので都心にくること自体があまりなかった。

「こちらへ」

幸村家のものよりも大きいと思える門の前で、スーツ姿の男性がまっていた。

男性は憲一と五月に丁寧に頭をさげると、門に引けを取らない重厚な和風建築の母屋の中に案内してくれた。

「こちらのお部屋でよろしいでしょうか？」

玄関からほど近い場所にある、畳だけの四畳半ほどの和室に五月たちは案内された。

廊下もかなり広いのにその部屋の狭さには少し違和感があった。

「ここは着替えなどに使う部屋らしいよ。ではお着替えをしましょうか、五月お嬢様」

今日は濃いめのグリーンのワンピースの身体を固くする五月に、憲一がにやりと笑って頭をさげた。

「えっ、なにを言うの、憲一さん」

先日から憲一は五月に自分のことをさん付けで呼ぶように命じていた。恋人を呼ぶような言い方がつらいが、いまの五月には拒否する権利はない。

五月と憲一は家具などなにもない部屋に入っているが、襖は開け放たれたままで、案内してくれたスーツの男性は廊下に立ったままだ。

あれからなんども憲一の前で肌を晒してきて、最近では抵抗の意志も薄らいでいる五月だったが、他の人間がいるとなると話が違う。

「あの人のことは植木が置いてあると思って気にしなくていいよ。ほら五月、いつものように裸になるんだ」

「い、いや、やめて」

植木などと言われてはいそうですかと答えられるはずもない。五月はあとずさりするが部屋が狭いのですぐに壁際に追いつめられてしまった。

「ふふ、服が破れちゃったら帰りは裸になっちゃうよ」

そんな五月を太い腕で抱きしめた憲一は、グリーンのワンピースのファスナーを強引にさげてきた。

「い、いやあ、ああ」

ワンピースが一気に足元まで下ろされ、五月は白のブラジャーとパンティだけの姿にされる。

そしてそのブラジャーも剝ぎ取られ、張りのある巨乳が揺れて飛び出した。

「さあ、いつものように縛ろうね」

憲一は持ってきていた黒革のバッグから縄束を取り出して、五月の細い腕を背中側にひねりあげてきた。

「いっ、いや、見ないでください、ああ」

後ろ手に束ねられた手首に縄掛けされる。へなへなと畳に膝をついた五月は開けられたままの襖の向こうに立つスーツの男に訴えた。

男はまったく反応せずにただ見つめている。その姿が五月の羞恥心をさらに煽りたてた。

「ふふ、たまには知らない人に裸を見られるのもいいんじゃない」

軽い調子で言いながら、憲一は縄のあまりを五月の乳房の上下に回し、厳しく絞りあげた。

「く、あ、ああ……いや……」

肋骨が軋むほど強く縄が肌に食い込み、五月は切ない息をもらした。憲一はいつも五月と行為をする際はこうして縛りあげてくる。

なんども緊縛される中で五月の身体や心には変化が起こっていた。

(力が抜ける……)

肌に縄の硬い感触を覚えると、なぜか全身から力がなくなってしまう。もう抵抗しても無駄だ、彼のオモチャになるしかないのだというあきらめの思いに囚われるのだ。

「さあ、立つんだ」

五月の上半身を厳しく緊縛した憲一は満足げな顔を見せると、そのしなやかな白い身体を引きあげる。

パンティ一枚の姿の五月はよろよろと引き立てられていった。

「ああ、どこに……」

知らない男の前で恥ずかしい姿を晒しているだけでなく、さらに廊下に引き立てられる。

他の人間の気配はないが、この広い料亭のどこかで大勢の男たちが、生贄《いけにえ》の登場を待ちわびているのかもしれない。

そんなことを思い恐怖にすくむ五月を、憲一は強引に引っ張っていった。

「準備はしてくれていますか?」

「ええ、あちらに」

かわらず無表情で前を歩いていくスーツの男に、憲一がそう訊ねると、男は手で向きを示して先に進む。

廊下の角を曲がると庭に面している長い廊下があり、そこにまっすぐに縄が張られていた。

縄は廊下の端から端まで縦断しており、高さは五月の腰ほどだ。ただ異様なのは等間隔で結び目があり、縄自体が油のようなものでヌラヌラと光っていた。

「さあ、パンティを脱いで、これを跨ぐんだ、五月ちゃん」

「えっ、あっ、いやっ」

憲一の言葉に驚いてふり向いた五月の、最後の一枚である白いパンティが勢いよく引きさげられた。

陰毛の薄い下腹部が露《あらわ》になり五月はスーツの男の目が気になって、その場にしゃがみ込んだ。

「ちょっと手伝ってもらえますか？」

「かしこまりました」

憲一の言葉にスーツの男が頷き、男ふたりが五月を挟み込んできた。

ふたりがかりで抱えるようにして五月の細身の身体を持ちあげ、強引に張られた縄を跨がせる。

「い、いやあ、ああ」

縄の高さが絶妙で、五月のピンクの裂け目に厳しく食い込んできた。ただ足がつかないというわけではなく、なんとかバランスをとって立っていられる。

少しでも身体を動かすと、縄がグイグイと股間を嬲ってくる。塗られているオイルが摩擦を奪っていて、これもまた絶妙な刺激を与えてきた。

「さあ、前に進むんだ、五月ちゃん」

「ああ、そんな無理だわ、ああ」

どうにか立っているといった様子の五月に、憲一が笑顔で言った。

縄を跨がされた時点で前に向かって歩かされるのだというのは予測していたが、とても進めそうにない。

「いやなら、こいつをお尻の穴に突っ込んじゃうよ」

憲一はまたバッグの中から黒いバイブを取り出すと、張られた縄に乗っている感じの、五月の形のいい尻たぶを突いてきた。

「ひっ、いや、いきます、ああ、歩くわ」

憲一はたまに、五月の尻の穴に指でいたずらをしてくることがある。排泄器官に触れられてたまらない汚辱感に五月は喘ぐのだが、ただそれでも触れる程度だ。

そこに太いバイブを入れられると思うと、生きた心地がしなかった。

「あっ、いや、あ」

黒いバイブに追い立てられるように、五月は板張りの廊下を素足で進んでいく。

すると敏感な粘膜である秘裂に縄が強く擦られた。

「あ、だめ、あ、ああ」

オイルのぬめりで痛みはまったくない。そのかわりに甘い快感が突きあがり、五月は上半身を厳しく緊縛された身体をふらつかせる。

するとまた違う角度で縄が媚肉を擦り、背筋が引き攣るのだ。

「ああ、だめ、ああ、憲一さん」

少し進んだだけでもう膝が砕けそうになった五月は、笑顔を浮かべながら見つめている憲一に涙に濡れた瞳を向けた。

「それほど距離はないから大丈夫だよ」

情けなどまるでない言葉を浴びせながら、憲一は五月の白い尻たぶの谷間にバイブを這わせてきた。

「いや、あ、ああ」

冷たい感触のバイブの先端が、いまにも自分のアナルに入ってきそうな気がして、五月は悲鳴をあげながら前に進む。

その先には縄の結び目があった。

「あ、あああ、だめ、あ、あああ」

思わず前屈《かが》みになった五月はもう全身を震わせ、廊下に艶のある声を響かせる。

こぶのような結び目が強くクリトリスを強く擦り、膣口を拡げるように食い込んだ。

「あ、あああ、いやあ、ああん」

憲一によって幾度も嬲り抜かれるうちに、すっかり性感を開花させている香純の肉体は見事に反応する。

甘い痺れが腰を震わせ、背中が引き攣り、縄に絞られた乳房が大きく弾んだ。

「ふふ、いい声だ、ほらがんばって」

そして憲一も五月の変化をわかっている。スリムなのに乳房や尻は見事に実った身体が燃えてきているのだと気がつき、追い立てるようにバイブで突いてきた。

「あっ、ああ、ひどい、あ、ああ」

結び目を越えるとまたぬめった縄が秘裂を擦る。その快感をなんとか堪えながら前に進むと次の結び目がやってきた。

「ああ、はああん、だめえ、ああ」

また敏感な部分を強く刺激され、五月は後ろ手の上半身を引き攣らせる。

廊下の横は大窓が並び、外は見事な日本庭園がある。手前には池があって錦鯉が泳いでいるが、そこを見る余裕など五月にはない。

「ああ、はあん、ああ」

常に腰が震え、快感に唇を閉じることもできない。意識も朦朧とするなかで、五月はただ前へと進んでいく。

フルフルと悲しげに揺れる、いびつに歪んだ乳房を汗が流れ落ちていった。

「すごくいい顔になってるね、五月ちゃん」

ときに内股になりながら、こぶのような結び目を越えていく、五月の快感に崩れた顔を、憲一が覗き込んできた。

「ああ、もう、頭がおかしくなりそうよ、ああ」

憲一に対する恨みの気持ちも込めて五月は叫んだ。そしてすぐにまた快感に激しい声をあげる。

緊縛された上半身がうねり、汗ばんだ桃尻がビクビクと引き攣る。

「あ、あああ、こんなの、ああん」

大きな瞳を泳がせながら、五月は痺れきった両脚を前に進めていく。

いつしか快感に酔いしれ、どこまでも乱れたいという願望までわいてきていた。

「ああ、ああ……もうだめ……ああ」

廊下の奥にようやくたどり着いた。ほっとした瞬間、五月は力を失って倒れそうになった。

「おっと」

横から太い腕を伸ばし、憲一が五月の縛られた身体を受け止めた。

その腕に抱かれ、どこかほっとしたような感情に囚われているのが、五月はくやしかった。

「よくがんばったね、五月ちゃん。少しここで休憩してくれよ」

張られた縄から五月を開放し、廊下に座らせたあと、憲一はまた黒革のバッグの中に手を入れた。

取り出したのは、先ほどまで五月を嬲っていた縄のこぶが、三つほど連なった短めの縄だった。

「えっ、いや、これ以上はやめて、あっ、ああ」

さらなるいたぶりを加えようとしている憲一から五月は逃げようとするが、後ろ手に縛られているうえ、脚にも力がまるで入らず、すぐに肩を押さえられてしまう。

憲一は縄のこぶを五月の股間にあてがうと、きつく縛りあげた。

「ひっ、いやっ、こんなの、あ、ああ」

三つのこぶがそれぞれ五月の肉芽と膣口、そしてアナルにあてがわれた。

まるで測ったように位置がぴったりで、こぶが強く食い込んできた。

「ふふ、縄ふんどしだ。よく似合うよ」

憲一はそんなことを言いながら、縄のあまりを五月の腰に回してから結びつけた。

結び目が敏感な箇所に強く食い込んだまま、縄は腰にがっちりと固定された。

縄が絞られたときに腰を浮かせて膝立ちになった五月は、上半身も股間も厳しく緊縛されている。

「ああ、いやっ、なにこれ、あ、あ」

そしてすぐに五月はその白い身体をくねらせはじめた。縄のこぶに触れているクリトリスや膣口がムズムズと痒くなってきたのだ。

痒みだけでなく、熱さも伴《ともな》っていて、五月はたまらず腰をよじらせた。

「その縄には女の子の身体を燃やすお薬が染み込ませてあるからね。心配しなくていいよ、漢方薬だからかぶれたりはないから」

「あ、ああ、そんな問題じゃ、ああ、お願い、解いて、ああ」

憲一の言葉もほとんど五月には届いていない。とにかく秘裂が痒くてたまらずじっとしていられない。

後ろ手に縛られた状態では手で縄をずらすことも叶わず、五月は淫らな腰振りダンスを踊りつづけていた。

「十分ほどしたら離れに連れてきてください。僕は先に行ってますので」

憲一はスーツの男にそう声を掛けると、廊下の奥にある出入り口から庭のほうに出ていった。

「ああ、そ、そんな、ああ、いや、お願い、憲一さん、ああ」

もう熱さは膣奥にまで広がり、ジンジンと疼きだしている。

大きな瞳を涙で濡らしながら、五月は縄にくびれた巨乳を弾ませて切ない喘ぎ声を響かせるのだった。

盛大な潮吹きを演じたあとも、香純は解放されることはなく、離れの和室に据えられた大きな座卓の上で大の字に縛られたまま、オイルに濡れ光る身体を晒していた。

「あっ、ああ、いや、もう、ああ」

大きく開かれている太腿の間には、いまだ香純の噴き出した潮が放置されている。

それをなんどか取り囲んだ男たちに揶揄されているが、香純には羞恥を感じる余裕はない。

「ああ、だめ、ああ」

黒々とした陰毛が密集する股間の下にある、薄桃色の秘裂に青い色をしたバイブが挿入されている。

モーター音を立てるそれはずっとくねっているのだが、膣奥にまで挿入されていないうえに動きが弱く、香純はずっと中途半端な状態で膣の中ほどを搔き回されていた。

「ああ、いっそ、ああ、ああん」

切れ長の瞳を蕩けさせた美夫人は、唇を半開きにしたまま切ない声をもらす。

おそらくなにかの薬が混ぜられているであろうオイルを擦り込まれて以降、膣奥にはなにも触れていない。

さすがに香純も、橋が意図して焦らしているのだというのはわかっているが、つい切ない訴えをしてしまうほど追いつめられていた。

「はは、奥さん、どんどん淫らな顔になっていくぞ。それでいいのか、幸村宗家の妻が、わははは」

そしてこちらもすべてを理解しているであろう木塚が、そんなことを言って煽りたててくる。

そして彼らもまた、香純の身悶えを見ているだけで、座卓のまわりに座って酒をチビチビと飲んでいた。

「ああ、そんな、ああ、おっしゃらないで、ああ」

オイルに濡れ光る肉感的な身体をよじらせて、香純はこのままでは気が狂ってしまうとさえ思う。

ただ木塚に言われたとおり、三味線の名家である幸村家の嫁としての矜持《きょうじ》で、どうにか崩壊を耐えていた。

「失礼します、菅野です」

もういっそ気を死んでしまいたいと香純が思ったとき、離れの入口にあたる障子《しょうじ》の向こうに人影が現れた。

いまは昼間なので外のほうが明るく、障子紙越しにかなり大きな男がいるのがわかる。男は木塚の「おう入れ」という言葉を聞いてから障子を開いた。

「うわっ、すごいエロい匂いが充満してるんですけど」

現れた男は入るなり、そんな声をあげた。

「はは、奥さんが派手に潮なんかお吹きになられたからな。それともオマ×コの汁の匂いかな」

男の言葉に木塚が反応して、大声で笑った。

「へえー、潮吹きですか。話には聞いたことありますけど、こんなに出るもんなんですか？」

いちおう、敬語だがやけにフランクな感じの男はかなり若めだ。彼は香純の肉感的な両脚の間に広がる水たまりを驚き顔で見ている。

「あっ、あなたは……どうして」

自分の醜態の跡を新たな男に見られて、普通なら羞恥に震えるはずだが、香純はその切れ長の瞳を見開いて男を見つめていた。

にやけ顔で香純の股間のあたりを凝視する顔に、見覚えがあったからだ。

「知り合いに私のところで働かせてくれないかと頼まれたんですよ。会ってみたらなかなか見込みのありそうな奴だったんでね、いろいろと仕事を任せておるのですわ」

「そ、そんなっ」

香純は汗に濡れた頬を引き攣らせて木塚を見た。大の字の香純の肉体を見下ろす男は、以前に妹の五月を誘拐しようとして警察に逮捕された菅野憲一だ。

「あなた、二度と私たちの前には現れないって」

香純と五月の実家の事情もあり、絶対に近づかないという条件で、被害届を取りさげたはずだ。その男がなぜか香純の目の前にいるのだ。

「俺は雇ってくれた社長に呼ばれてきただけですよ。そしたらそこに偶然、香純さんがいたんです。それにしてもすごいお姿ですね、はは、地元のやつらが見たら腰抜かすだろうな」

憲一は木塚たちに、香純と五月は、地元では清楚な美人姉妹で有名だったから男連中は皆憧れていた、と言った。

「い、いやっ、見ないで」

驚きのあまり意識から外れていたが、香純はいま大の字縛りにされて股間にバイブを呑み込んだ状態なのだ。

あらためて羞恥を感じ、香純は引き攣った顔を横に背けた。

「わざとらしいことを言うな。お前がここに来たのは偶然じゃない。奥さんにお仲間をご紹介するためじゃないのか？」

にやけ顔で香純を見おろしている憲一に木塚がそんなことを言った。

「えっ」

仲間とはどういう意味なのか。恐ろしい予感がして香純は目を見開いた。

廊下に膝立ちのままずっと腰をよじらせつづける五月に、スーツの男が近づいてきた。

「時間です。まいりましょう」

腕時計をちらりと見た男は五月の腕を掴んで引きあげた。

「あ、とても歩けません、ああ」

わずか数分の間に痒みは何倍にもなっているように感じる。とくに縄のこぶが食い込んだクリトリスやアナルの焦燥感が強烈で、内腿まで痺れてきていた。

「お願いです。ああ、この股の縄だけでもほどいてください。ああ、痒くてたまらないのです」

縄に絞られた巨乳を揺らしながら、五月はもう女のプライドも捨てて男に懇願した。

膣口ももう熱くてたまらず、このままでは気が狂ってしまいそうだ。

「すぐそこです、少しだけがんばってください」

赤く上気した身体をくねらせる美女を目の当たりにしても、表情をまったく変えないスーツの男は、冷たい声をかけて五月の背中を軽く押した。

「ああ、はうっ、いや、ああ」

あきらめの気持ちになって前に進んだ五月だったが、すぐに背中を引き攣らせた。

脚を動かすと股間にある三つの縄のこぶが、五月の女の敏感な箇所を強く擦ってきたのだ。

「ひい、いやっ、あ、あああ」

三カ所同時の快感に、五月は悲鳴のような声をあげて膝を折りかける。

だが男に腕を摑まれ、しゃがむことは許してもらえない。

「ああ、だめ、あ、ああ、もう」

クリトリスや膣口をグリグリとこぶがいたぶってくる。痒みもさらに強くなり、もう意識が飛んでしまいそうだ。

それでもどうにか前に進み、廊下の突き当たりを曲がっていったん外に出た。目の前には木の板の橋があり左右は大きな池になっていた。

「ああ、こんなの、あ、ああ」

橋の上に歩を進めると、板がしなりバランスをとるために下半身をさらに動かさなくてはならなくなる。

こぶの食い込みがきつくなり、快感に腰が震え、なにもされていないはずの乳首までズキズキと疼きだした。

「はうっ、ああ、はうっ」

五月は断続的に跳ねるように縛られた身体を引き攣らせながら、どうにか橋の反対側にたどり着いた。

「失礼します」

目の前には白い障子がある。スーツの男が五月を追い越して障子を開いた。


木塚のいう仲間とは誰なのか。他にも五月のように嬲られている女性がいるのか。

香純が戦慄にふっくらとした頬を引き攣らせたとき、また障子が開いた。

「い、いやっ」

障子が開くと、そこにはこの料亭の従業員であるスーツの男が立っていた。

大股開きでバイブを呑み込んだ身体を見つめられる恥ずかしさをあらためて感じ、

五月は顔を横に背けた。

「ほら、ちゃんと見るんだ。あの男じゃない、その後ろだ」

何人にみじめな姿を晒せばいいのかと、逃げるように横を向いた五月の頭を、木塚が両手で持ちあげた。

「えっ、後ろ……」

まだ誰かいるのか、恐ろしいが五月は涙のあとが残る切れ長の瞳を開いた。

「お、お姉さん」

スーツの男が退いて、姿を見せたのは、スリムな身体に厳しく縄掛けされた若い美女だった。

その娘は大きな瞳をさらに見開いて、その場に立ち尽くしている。

「さ、五月、どうしてっ。木塚さん、なぜこの子がこんなことに」

なぜ五月が裸の身体に縄掛けされてここに現れたのか。香純は自分の頭を持ちあげている木塚に向かって声を張りあげる。

「私が犠牲になれば写真もテープも処分してくれるはずです。ああ、なぜ五月がここにいるですか、木塚さん、答えて」

快感に蕩ける寸前だった意識も一気に覚醒し、香純は声を荒げた。五月の縛られた姿、そして表情を見れば、彼女も自分と同じ目にあっていたのだと察しがついた。

これでは自分がこの男たちの前で、恥を晒しつづけた意味がなくなってしまうではないか。

「申し訳ないですが、奥さん、我々はあなたを手放すのが惜しくなったのですよ」

木塚はゆっくりと香純の頭を座卓におろすと、真剣な表情を見せた。

「そ、そんなあなたはそれでも男ですか。女を騙して恥ずかしくないのですか」

怒りに任せて香純はまくしたてる。五月を守りたいと耐え忍んできたのを、裏ですべて無駄にされていたのだ。

香純が我を失うのも当然と言えた。

「ふふ、汚い金貸しの言葉を信用したあなたが愚かなのですよ。ただし私は約束は守るタイプでね。奥さんと妹さんの写真とテープはお約束どおりにお返ししますよ」

木塚はそう言うと自分のカバンから大きな封筒を取り出して、中身を香純に見せた。

中には香純と五月がレイプされたときの写真と、カセットテープが数本入っていた。

「確かにお返しします。ただし……おいっ、もういいぞ、出てこい」

封筒を座卓の上に置いた木塚は、なぜか隣の間とを仕切っている襖に向かって叫んだ。

すると襖がすっと開き、男がひとりと三脚に乗せられた大きなカメラが現れた。

「いっ、いやっ」

先の声をあげたのは五月のほうだった。彼女の目は離れにある障子の小窓のほうを向いている。

ずっと閉じられていたそこも開き、カメラを肩に担いだ男が、もうひとり姿を見せていた。

ただそのカメラは普通のものとは違っていて、大きな箱にレンズがついたような形をしている。隣の部屋で三脚に乗せられているものも同じだった。

「最近、よく売れているビデオカメラというやつですよ。あなたの家にもビデオデッキがあるでしょう。あれのテープに八ミリのように撮影ができるのです」

木塚が言うと、隣の間にいる男が三脚に乗せられたビデオカメラからテープを取り出した。

お弁当箱サイズの黒いテープは香純も知っている。幸村家も居間にはビデオデッキがあり、夫がたまに映画などを録画して見ていた。

「二台となるとけっこうなお値段がしましたがね。美人姉妹がよがる姿を自宅のテレビで見られるようになるならと、奮発しましたよ」

ビデオデッキを二台つなげば、テープの複製も作れると松村が横から付け加えた。

「そ、そんな、ああ、そんなあ、ああ」

自分がここで潮まで噴いた姿まで記録されたというのか。それではまるでポルノ映画ではないか。

香純はその主演女優として、人には見せられない狂態を晒しているのだ。

「ふふ、まだまだこれからだよ、奥さん。たっぷりといい顔をカメラの前で晒すんだ」

香純の開かれた両脚の側にいる橋が、手を伸ばしてバイブを少し前後に動かした。

「あっ、いやあ、ああ、逃げて五月、この人たちの言いなりになっちゃだめ」

淫靡なオイルが肌に浸透し、ずっと熱くてたまらない。さらに媚肉のほうは焦らされきっている状態で、バイブをわずかにピストンされただけで腰が震えた。

それでも香純は声を振り絞って妹に向かって叫ぶのだ。

「はは、香純さん、それは無理ですよ。五月ちゃんはほら少しこうしただけで」

菅野憲一は立ち尽くしている五月のそばにいくと、しなやかな両脚の間に食い込んでいる縄ふんどしを引きあげた。

「ひい、だめ、いやあ、あああ」

太い縄が陰毛の薄い股間に食い込んだ。同時に五月は甲高い声をあげて腰をよじらせると、その場に膝をついた。

憲一はさらに五月の腰の部分にある縄を摑むと、横にグイグイと動かした。

「あっ、あああん、憲一さん、ああ、お姉さんの前では許して、ああん」

五月は切ない顔を憲一に向けたまま、膝立ちになったスリムな身体を悩ましげにくねらせている。

下半身と同じように緊縛された上半身の前で、張りの強い乳房が大きく揺れた。

「五月……」

大勢の男に取り囲まれた中でよがり泣く妹を、香純は絶句したまま見つめていた。

ピンクに上気した肌、妖しく濡れた大きい瞳。そしてなにより甘く艶のある声。

同じ快感に翻弄された身として、香純は五月がどうしようもない悦楽の中にいるのだとわかった。

「五月、もうやめて、ああ」

妹は憲一の手で女の悦びに目覚めさせられたのか。ならばあまりに悲しいではないか。真面目で優しい五月がなぜこんな目にあわねばならないのか。

香純は自分たちを襲う過酷な運命に涙するのだ。

「ふふ、奥さん、泣いたって仕方がないだろう。ほら、妹さんに女の感じかたってやつをたっぷりと見せてやるんだ」

女の悲鳴と男たちの笑い声が入り混った狂宴の中にいて、ひとりだけ冷静な調教師の手が、バイブの根元にあるスイッチをまた押した。

「ひっ、いやっ、あ、ああ、だめえ、あああ」

バイブのうねりが一気に強くなり、香純の膣の中で蛇のようにうねる。

大きく瞳を見開いた香純の唇から、絶叫に近い喘ぎ声があがった。

「さあ、五月ちゃん。もっと近くで見学してあげるんだ」

「いや、ああ、お姉さん」

憲一が膝立ちの五月の身体を引きずるようにして、姉が身体を開いている座卓の横に連れてきた。

さらに憲一は五月の背中を押し、力ずくで前屈《かが》みにさせて、五月に香純の顔を覗き込む体勢をとらせた。

「お願い、ああ、見ないで、五月、ああ」

もう快感の声も身体のうねりも抑えられない。仰向けの上半身のうえでオイルにまみれた巨乳は横揺れし、お腹周りもずっと上下に波打っている。

浅ましい姿を愛する妹にだけは見られたくないと、香純は声を振り絞った。

その悲壮な訴えを聞いて、五月は長い黒髪の頭を横に伏せて目を閉じた。

「だめだ、お嬢さん。しっかりと見るんだ。お嬢さんが見ない限り、お姉さんを責めつづけるぞ」

バイブを握る手を小さく動かしながら、橋が厳しく言った。

「そんな、ああ、もうお姉さんを許してあげてください」

「ならばちゃんと見ろ」

橋の言葉に五月は大きな瞳を開く。その目尻から幾筋もの涙が流れていった。

「ちゃんと見なかったら、次は五月ちゃんを十回くらいイカせるっていうのはどうですかね、そのくらいは充分にイケる身体になってますし」

緊縛された膝立ちの身体を震わせる、五月の股間に食い込んだ縄ふんどしを摑んだ憲一は、それを左右に揺さぶった。

「ああ、ひい、だめ、ああん、ああ」

後ろ手縛りの上半身を大きくのけぞらせ、五月はもう天井を向いて喘いでいる。

涙を流してはいるが、その反応、汗に濡れた白い肌、そして縄の食い込んだ股間から漂う牝の匂いが、五月も充分に淫らな身体になっていると告げていた。

「ふふ、若いのになかなかいいことを言うじゃないか。それでいこう。お姉さんがイクところをちゃんと見ていなかったら、狂うまで気をやらせてやる」

憲一のことをなかなか見どころがあると、含み笑いを浮かべた橋は、ジロリと五月を睨みつけた。

五月は、ひっ、と声をあげて背中を引き攣らせる。狂うまでイカせるという橋の言葉には嘘や冗談とは思えない圧力があった。

「さあ、お姉さんからも言ってやるんだ。私のイクところをたっぷりと見てってな」

そしてバイブをあらためて摑み直し、こんどは香純に命令するのだ。

「ああ、ひどいわ、ああ、ああ」

喘ぎながら香純もなよなよと頭を横に振る。血の繫《つな》がった妹に自分の狂態を見ろと言わねばならない。

そんな恥知らずなまねができるはずがないと、香純は羞恥に泣き叫ぶのだ。

「ワシはそれでもいいな。こいつで妹のほうを狂わせるのも楽しかろう」

木塚がズボンの上から自分の股間を撫でて笑い、松村や佐倉も笑みを見せている。

言いなりにならなければ、彼らは五月をとことんまで犯し抜くつもりなのだろう。

「ああ、言いますわ。ああ、さ、五月、あああ」

もう人間の矜持を捨てたようなセリフを、しかもビデオに声も映像も記録されている前で叫ばねばならない。

いっそ殺してほしいとさえ香純は思うが、もう他に方法は思いつかなかった。

「さ、五月、お姉さんがイクところを……ああ……恥を晒す姿を見てぇ、ああ」

小さめの唇を開き、座卓の横で見つめる妹に汗に濡れた顔を向けて、香純は懸命に叫んでいた。

前回、木塚に犯されて女の絶頂姿を晒したとき、死にたいくらいにつらかった。

その痴態を妹の前で演じるのだ。地獄のような状況であるのだが、なぜか香純は胸の奥が熱く高鳴るのを自覚した。

「ああ、ひぃ、ああ、あああん」

身体ではなく心が燃えあがる。それはマゾの性感の昂りだ。もう自分をめちゃくちゃにして堕ちるところまで堕としてほしい、そんな願望が香純の中に芽生えたのだ。

「いいぞ奥さん、いくぞ、いよいよとどめだ」

満を持したように調教師は言うと、暴れるバイブを少し後ろにさげた。

「ああ、だめ、あああ」

同時に香純は泣き声をあげた。橋の意図はわかっている、いよいよ膣奥にバイブを突っ込むつもりなのだ。

オイルを塗られてから、触れてももらっていない膣の最奥。五月が来るまでたまらないくらいに焦れて頭がおかしくなりそうだった。

(怖い……ああ……怖いわ……)

香純は恐怖に大の字の身体を震わせ、頭をなんども横に振った。

自分は妹の前でどんなみじめな姿を晒してしまうのだろうか。それが恐ろしかった。

「さあ、たっぷりと味わえ、奥さん」

橋も少し声をうわずらせ、男たちが息を呑む。五月が悲しげな瞳を姉の顔に向けたとき、バイブが一気に前に突き出された。

「ひ、ひいいい」

蛇のようにくねるバイブの先端が、濡れ堕ちた膣奥に突き立てられ、激しく搔き回してきた。

オイルに濡れた太腿をブルブルと震わせた香純は、もう獣のような絶叫を響かせてのけぞった。

「ひ、ああ、きついわ、ああ、はあああん」

ずっと焦れていた穴が硬いもので満たされ、さらには搔き回される。意識が飛びそうになるほどの快感に香純は喘ぎ、切れ長の美しい瞳をさまよわせるのだ。

「すごい……」

女をよく責めていると言っていた松村が、驚き顔でごくりと唾を飲み込んだ。

そのくらい香純の乱れ姿は凄まじい。オイルに輝く大の字の身体は常にうねり、両手脚を座卓の隅に引っ張っている縄が軋んでいる。

巨乳も大きく波を打ち、尖りきった乳頭が踊る。バイブを深く飲み込んだ媚肉は充血し、上部にあるクリトリスも勃起して飛び出していた。

「あああ、はあああん、だめえ、もうイク、香純、イキます」

ずっと望んでいた快感に香純はなにかも捨てて、限界を口にした。もう男たちや愛する妹に見られているという羞恥心も吹き飛んでいる。

ただ一匹の牝となって香純は頂点に向かった。

「いいぞ、イケ、力の限りに叫べ」

橋が煽るように声を荒げながら、バイブを力いっぱい奥に押し込んだ。

「ひいいい、イクう、ああ、ひああ」

全身が砕けるかと思うような強烈な絶頂感が、大の字の身体を駆け抜ける。

カッと目を見開いた香純は、バイブを呑み込んだ股間を無意識に浮かせてガクガクと痙攣させる。

「あ、ああ、はあん」

完全に座卓から離れるほど浮かせたお尻を大きく上下に揺すり、香純は断続的に襲いかかる大きな波のような快感に翻弄されていた。

つらいと思う気持ちなどもうなくなっていて、ただ酔いしれていた。

「ふふ、すごいぞ、奥さん。いままでいちばんの気のやりっぷりだ」

「ああ、ああ……あ……はあ」

木塚が声をうわずらせるなか、香純はゆっくりとその熟れた桃尻を座卓の上におろしていった。

「ほんとうにすごい奥さんだ。こりゃ一流の肉奴隷になれるぜ」

恐ろしい言葉を口にしながら、橋はバイブを引き抜いていった。

バイブの先端が膣口から抜け落ちると同時に、口を開いたままの穴から、愛液が溢れ出してきた。

その量はかなり多く、糸を引いて座卓の天板の上に流れ落ちていった。

「おおっ、こんどはこっちの穴から潮吹きかね、ははは、凄まじいな、奥さん」

パクパクと息をするように収縮しながら、なんども粘液を吐き出していく香純の秘裂をかぶりつきで見ながら、木塚が腹を抱えて笑いだした。

「う、ううう、うああ」

自分がもう本物のケダモノになったような思いになり、香純は引き伸ばされた腕に自分の顔を擦りつけて号泣するのだった。


まるで別人になったような狂態を見せつけた姉は、男たちの手によってオイルにまみれていた身体を清められたあと、あらためて緊縛された。

(ああ……お姉さん……)

その間も乳首や股間にいたずらされて姉は切ない声をあげていた。姉の身体に塗られていたオイルは、先ほど自分が淫らな綱渡りをさせられた縄に付着していた油と同じものなのかもしれない。

少しついただけでも媚肉が熱くてたまらなかったのに、それを全身に塗られると思うと五月はぞっとした。

姉はそんな状態でずっと淫らな責めを受けつづけていたのだ。

「あ、ああ、いやっ、ああ、はあああん」

追いつめられ醜態を晒した姉の心情を思い、五月は大きな瞳に涙を溢れさせるのだが、そんな余裕などすぐに消え失せてしまった。

「姉妹揃って、いい声で泣くものだな」

一度、緊縛から解放された五月は、香純とともにあらためて縛られた。

両腕を背中に回されて束ねられ、乳房の上下に縄掛けをされたのは同じだが、下半身は違っていた。

もう一台の座卓が離れの和室に持ち込まれ、姉妹揃って仰向けに乗せられた。

「ああ、だめ、あ、ああ、もう、あああん」

そして両脚は縄を回され、天井の下を横切る太い梁に向かって吊りあげられた。

姉妹は染みひとつない白い両脚を上に向かってVの字に開き、女のすべてを晒していた。

「ふふ、顔もいやらしくなってるよ、恥ずかしくないの？」

座卓の上で、なにかもを晒している五月の股間には、松村と佐倉が書道の筆を手にして、膣口やクリトリスを撫でている。

甘い刺激に吊られた両脚をくねらせる五月の顔を見て、憲一が楽しげに笑っている。

「ああ、いや、私、ああ、見ないで」

大勢の男たちの前で顔を歪めていると思うと、五月はつらくて涙が溢れる。ビデオカメラもその姿を克明に記録しているのだ。

「ふふ、恥ずかしがるわりには、たいした濡れっぷりじゃないか、すごい匂いがしてくるぞ」

少し離れた場所に座る木塚の手には、先ほど五月を狂う寸前にまで追い込んだ、こぶのついた縄ふんどしがある。

木塚は鼻を近づけて匂いを嗅いだあと、こんなに濡らしてどうするんだと、黒く変色した縄のこぶを皆に向けて掲げてみせるのだ。

「ああ、いやあ、そんな、ああ」

濡れ光るこぶの部分からはいまにも雫が垂れてきそうだ。五月はとても見ていられなくなり顔を背けるのだ。

そんな美女を見てにやりと笑った松村が筆を上に向かって引きあげた。

「あ、ああ、だめ、ああ」

真上に上昇した白い筆を追いかけて、五月の腰が勝手に浮きあがった。

もちろん意識してではなく、身体が勝手に反応している。激しく燃えあがる五月の肉体は完全に暴走していた。

「ああ、もう、許してあげて、ああ、五月」

隣で姉の香純は悲しい声をあげて、訴えている。ただ彼女も五月と同じように上半身は後ろ手に、両脚を天井に向かって吊されているので、声を出すのが精一杯だ。

姉の瞳はどこか悲しい。自分も同じように快感に負けて醜態を晒した者として、気持ちがわかるのだろう。

「はは、いやらしいお嬢さんだ。これはお姉さん以上の淫乱になれるんじゃないかな、筆ももうびっしょりだよ」

膣口のほうを柔らかい筆で撫で回していた佐倉が目を輝かせた。彼は筆を横に置くと自分の人差し指と中指を五月の中に押し入れてきた。

「ひっ、あああ、そこ、あ、あああ」

待ちわびていた強い刺激に、五月は後ろ手に緊縛された上半身を揺すってよがり泣いた。

一瞬で腰まで痺れ、吊られている両脚がガクガクと震えた。

「おやおや、橋さんからじっくり責めろと言われていたのに早いですよ、佐倉さん。まあ仕方がない、私も指で」

女体の調教師という恐ろしい肩書きを持つ橋は、部屋から姿を消している。

呆れたように佐倉に言った松村のほうも筆を置き、指で五月の肉の突起を摘まんでしごきはじめた。

「ひああ、両方なんて、ああ、あああ」

媚肉とクリトリスの同時責めに若い肉体がまた跳ねあがった。縄にくびれた巨乳がブルブルと波打ち、厚めの唇の間から絶え間ない嬌声があがる。

もう五月は頭の芯まで痺れきっている状態で、二重の美しい瞳も視線が定まらない。

「中がヒクヒクしてるぞ、もっとしてほしいのなら、素直に言うんだ」

佐倉はそんなことを言いながら、五月の膣奥を指の先で軽く撫でてきた。

「ひいいい、ああ、そんなふうに、あああ」

あきらかに焦らしている動きで、佐倉は五月の膣奥に微妙な刺激を与えてくる。

憲一の巨根によって目覚めさせられた媚肉は、こんな刺激では満足せずにジンジンと疼きつづけるのだ。

(お姉さん……情けない私を許して)

縄ふんどしを締められて以降、ずっと刺激を欲していた媚肉を、また焦らすように責められて五月の心は崩壊寸前だ。

さきほど姉がイキ果てる姿を見たあと、木塚という男が「お姉さんはずっとお預けをされておかしくなる寸前だったから、あんな雄叫びをあげてイッてしまったんだよ」と五月に言った。

そんなやりとりを聞いていた姉は、さらに声を大きくして羞恥にむせび泣いていた。

「ああ、お姉さん、ああ、私も、もうだめになるわ、ああ」

そしてこんどは自分の番だ。五月は仰向けに寝た上半身をなんどものけぞらせた。

「五月、ああ、ああ」

隣の座卓の上で姉が、艶やかな肩に顔を埋めてすすり泣いている。

もうこの地獄から自分たちは逃れられないのだ。そんな悲しみがこもっているように聞こえた。

「ああ、お願い、ああ、もっと強くしてください、ああ」

そして五月は大きく声を張りあげて、自分の股間を覗き込みながら指を動かしている男ふたりに訴えた。

「よし、いいぞ、こうか」

佐倉がそれに反応し、五月の濡れた膣内にある二本の指を強く最奥に突き立てた。

「そ、それえ、あああ、ひいいい、ああ」

待ちわびていた強い刺激に五月はなにもかも捨てたように絶叫する。

全身が歓喜に震え、Vの字に開かれたしなやかな脚がヒクヒクと引き攣っていた。

「そんなにいいのか、お嬢さん」

佐倉は狂乱する美女を見ながら、もう腕ごと動かして五月の奥を突いてくる。

濡れ落ちた媚肉に太く長い指が強く擦れ、粘っこい音があがった。

「こっちもあるぞ」

松村が摘まんだクリトリスをさらに強くしごきあげる。こちらもかなり力を込めて小さな突起を責めてきた。

「ああ、いい、あああん、両方、たまりません、ああ、ああ、いい」

心まで蕩けさせている五月は、自分を偽る気力などまるで持てず、男たちに言われるがままに快感を口にした。

心を解放するとさらに全身が熱く燃え、深い悦楽に堕ちていった。

「ああ、もうだめ、ああ、五月、イキます、ああ、イク」

清楚な妹の崩壊を呆然とした顔で姉が見つめている。それももう目に入らずに五月は女の頂点に向かった。

「いいぞ、派手にイキなさい」

佐倉の指のスピードがあがり、膣口から大量の愛液が掻き出される。松村のしごきあげにもさらに熱がこもった。

両脚を吊られた白い身体が悩ましくよじれ、朱に染まった張りのある巨乳が大きく弾んだ。

「あああ、もうだめ、ああ、イクうう」

最後に白い歯を食いしばった五月は、座卓のうえの縛られた身体をのけぞらせた。

同時に膣内の二本指が奥に強く打ち込まれ、肉芽は摘まれたまま強く上に引っ張られた。

「ひいいいい」

雄叫びをあげた五月は、Vの字に吊られた脚をガクガクと痙攣させて絶頂を極めつづける。

もう意識は完全に飛んでいて、ただ駆け巡る快感にその身を預けていた。

「あ、あ、ひいん、あ、ああっ」

言葉にならない叫びをあげながら、五月は歯を食いしばった頭をなんども横に振り、やがて脱力した。

下腹部をヒクヒクと波打たせながら、五月はぐったりとその身を座卓に投げ出した。

「姉妹揃って、すごいイキっぷりだったな。ふふ」

畳にどっかりと座った木塚が、荒い息を吐きながら瞳を閉じている五月の顔を覗き込んだ。

松村と佐倉も楽しげに、にやけ笑いを浮かべた。

「まさに淫乱姉妹、いや性獣姉妹とでも言ったほうがいいかな。そう思わないかね、奥さん」

ぐったりとしている五月を呆然と見つめている、同じポーズの姉に向かい、木塚がそんなふうに言う。

姉、香純はなにも言わず、ただ静かに瞳を閉じるのだ。

「ああ、お姉さん、ああ、ごめんなさい」

哀しむ姉に五月は涙を流しながら詫びだ。欲望に負けて自ら快感を懇願してしまった。それも女を嬲るのが趣味のような男たちに。

いつも自分を思いやってくれる姉を裏切ったような気がして、五月はつらかった。

「ああ、五月、私こそごめんなさい、私も、ああ、狂わされてしまったわ」

妹の言葉に、姉も泣き声を大きくする。自分もまた女の醜態を晒したのだと、姉も妹に詫びるのだ。

「お姉さん、私たち、ああ」

「ああ、五月、ああ」

もう自分たちは逃れようのない蜘蛛の巣に囚われた生贄なのか。そんな思いを抱きながら五月は裸の姉を見つめるのだ。

そのとき突然、五月は開かれた股間に電気が走るのを感じだ。

「ひっ、やっ、あ、あ」

誰も五月の身体には触れていない。なのに五月は梁に向かって吊られた両脚と、まだ絶頂の痕も生々しい股間を揺らして腰をよじらせるのだ。

「さ、五月、どうしたの」

突然、身悶えを始めた妹に、姉が泣くのも忘れて声をあげた。

「ああ、だめ、ああ、いや、ああ」

五月が感じた痺れはアナルからあがっていた。怪しい薬が染みこんだ縄の結び目が刺激していたのは、膣口とクリトリスだけではなかった。

その二カ所が満足したことにより、残りのひとつがさらなる焦燥感に襲われたのだ。

「あ、いや、ああ、ああ」

痒みと熱さを伴《ともな》った疼きに、五月は座卓に乗せた桃尻が浮かぶほど身悶えした。

もし腕が自由であったなら、男たちに見られている前でも、なりふりかまわず指でアナルを掻きむしったかもしれない。

そのくらい肛肉の焦燥感は凄まじかった。

「どうしたんだい、五月ちゃん。どうしてほしいのかちゃんと言ってごらん」

媚肉での絶頂の余韻に浸る暇もなく身悶えする五月に、憲一が猫なで声で語りかけてきた。

心配しているような口ぶりだが、憲一は察しているのか、五月のアナルに近い場所の尻肉を軽く揉んできた。

「ああ、お願い、ああ、憲一さん、そこを、ああ、少しだけでいいから掻いて」

言いなりになれば姉に迷惑は及ばないと、嘘をついて騙していた憲一に対する恨みの気持ちは強いが、そんなことを思っていられないほど、肛肉の痒みがひどくなっている。

腕を動かせない身体をもどかしげによじらせ、五月はすべてを捨てて訴えた。

「お嬢さん、ちゃんとどこなのか口に出して言わないと、我々男には伝わらないぜ」

切羽詰まった表情の五月に、木塚が揶揄するように言った。すると松村がそうですね、もしかするとここかなと、五月のクリトリスを指で弾いた。

「ひっ、そこじゃ、ありません、ああ、五月の……」

クリトリスからの快感に喘ぎながら、香純は目を見開いた。ただ、そこを責めてほしいと求めるなど、まさに人間をやめる行為だと口ごもる。

その瞬間にまた強い痒みが肛肉から突きあがった。

「あっ、ああ、五月はお尻が痒いの、ああん、誰かお尻の穴を掻いてえ、ああ」

完全に悩乱している五月はなりふりかまわずに叫んでいた。ケダモノと蔑《さげす》まれても肛肉の痒みをどうにかしてほしかった。

開かれた股間まで恥じらいもなく揺らす美女に、男たちがどっと嘲笑した。

「はは、よしよし、もう少し待ちなさい。すぐに橋さんが用意をしてやってくるから」

松村がそんなことを言い、五月のセピア色をしたアナルの周りをなぞるように揉んできた。

「ひっ、ひあ、ああ、もう、あああ」

肝心な場所に触れてもらえず、五月は狂ったように吊られた下半身をよじらせる。

その動きが激しすぎて、天井下の梁に繋がった縄がギシギシと音を立てた。

「なんだ、えらく大騒ぎになってますな」

そのとき外に繋がる障子が開き、姿を消していた橋が現れた。彼の手には大きめの洗面器があった。

「橋さん、お嬢さんがお待ちかねですよ。アナルを責めてほしくてたまらんそうだ」

実際は痒みに苦しんでいるのだが、そんなふうに揶揄《やゆ》して木塚が笑った。

「そうか、ならすぐに満足させてあげるよ、お嬢さん」

橋は洗面器を畳の上に置くと、その中に突っ込んであるガラス製の大きな注射器のようなものを手に取った。

「すぐに楽にしてやるからな。松村さん、クリームを塗ってあげてください」

橋はその注射器に洗面器の中の液体を吸いあげていく。指示を受けた松村が小瓶から軟膏のようなものを取り出して五月のアナルに塗りはじめた。

「あ、ああ、そんな、ああ、もっと、ああ」

松村の塗り方もまた軽くなぞるような感じで、アナルの焦燥感をさらにかきたてる。切ない声をあげた五月は強く塗り込んでほしいと訴えるのだ。

「そんなに焦らなくても、こいつで掻き回してやるよ」

厳しい表情のまま橋は、薬液を吸い終えた容器を掲げた。

「ひっ」

先端もガラスになっている注射器のような容器を見て、声をあげたのは五月ではなく、隣で同じように脚を開いて吊られている姉だった。

「はは、お姉さんのほうは浣腸の経験がおありかな」

切れ長の瞳を見開く美夫人に松村が声をかけた。

「な、ないわ、妹にそんなもの使わないで、やめてあげて」

香純にしては珍しく金切り声をあげて男たちに訴えている。浣腸という言葉くらいは五月も知っている。

それが橋の持つ容器なのか。五月自身は浣腸器など見たことがないのでわからない。

「いくぞお嬢さん、力を抜くんだ。浣腸器が割れたら尻の穴が血まみれになって取り返しがつかないことになるぞ」

脅し文句を言いながら調教師は浣腸器のノズルの部分を、クリームにまみれたまま収縮を繰り返すアナルに押し込んできた。

「ん、あ、ああ」

硬いノズルが肛肉を押し拡げて侵入してきた。さらに橋は浣腸器を前後に動かしてピストンしてくる。

「あっ、ああ、そこ、ああ、はあん」

ずっと焦れていた肛肉を、ガラスのノズルが開閉しながら擦っていく。

満たされるような思いと同時に、アナルからはっきりとした快感がわきあがり、五月は後ろ手の身体を揺らしながら甘い声をあげた。

「さあ、まだここからだぞ、お嬢さん」

喘ぎ声をあげはじめた五月の股の前で、橋が浣腸器のピストンをゆっくりと押した。

「あっ、あ、くう、あっ」

生温かい感じの液体が腸内に流れ込んでくる。五月はその違和感に思わず声をあげるが、正直、直腸のほうまで熱くなっていたので、液体が染み込んでくる感覚が妙に心地良かった。

「あ、ああ、くう、あ、あああ」

ただそこからさらに大量の溶液が注ぎ込まれてくる。それは腸奥のほうまで入ってくる。

その圧迫感に五月は戸惑いながら、両脚を吊られた身体をよじらせるのだ。

「よしよし全部呑んだな。ほれ、次だ」

まるまる一本を五月の腸内に注ぎ込んだあと、橋は浣腸器を引きあげ、洗面器に入っていた別の浣腸器を五月のアナルに入れてきた。

「あっ、いやっ、あ、くうう」

新たなノズルが間髪入れずに肛肉に押し込まれ、薬液が注入される。

お腹の圧迫感がさらに強くなり、五月は白い歯を食いしばって悶絶した。

「く、苦しい、ああ、もう、ああ」

額には脂汗を浮かべた五月は、強烈な圧迫感に苦しんでいた。排泄器官である腸が溶液を排出しようと脈動していた。

「二本くらいでそんな顔をしていてどうする。まだ三本あるぞ」

橋は落ち着いた様子でじっくりと浣腸液を押し込んでくる。その目が畳の上の洗面器を見た。

そこにはあと三本、浣腸器が突っ込まれていた。

「そんな、無理です、ああ、もう入りません」

まだ二本目の途中だ。いまでも苦しくてたまらないというのに、五本も呑まされたら腹が割けてしまうと、五月は汗に濡れた顔を引き攣らせた。

「なんとかしてくれと望んだのはお嬢さんじゃないか。そのくらいで音《ね》をあげてどうするんだ、わははは」

おののく美女の顔を見るのが楽しいのか、木塚が大笑いしながら、五月の縄に絞られた巨乳の先端を指で弾いてきた。

「あっ、いや、そんな、くうう」

乳首から電流が走り、五月は切ない声をあげる。ただ快感に喘いだのもつかの間、すぐにまた溶液の圧力に苦悶の声をあげた。

「やめてあげて、ああ、五月が死んでしまうわ」

そんな妹を見て姉が縛られた身体をよじらせながら叫んだ。

「だめだ。アナルを責めてくれと要望した以上は、五本全部呑んでもらう」

調教師の冷酷さを剝きだしにした橋は、二本目の残り溶液を一気に押し込んだ。

「ひ、ひい」

下腹に強烈な圧力を感じ、五月は一際大きな苦悶の声をあげた。

隣の座卓で悶絶する妹の肌にさらなる汗が浮かんでいる。ずっと歯を食いしばっていて、もう限界であるのは誰の目にもあきらかだ。

「お願いです、許してあげて、ああ、ああ、お願い」

そんな妹を見て、いても立ってもいられず、香純は懸命に声をあげた。

ただ自身も両脚を吊られ、上半身は後ろ手に縛られて座卓に仰向けの状態では、助けに向かうことも叶わない。

「美しい姉妹愛だ。どうですか、橋さん、かわりに奥さんが浣腸を受けるというのは」

大学教授の松村が、五月のアナルから二本目を引きあげた橋に向かって言った。

「ふむ、まあお姉さんが浣腸をされたいというのなら、仕方がないですかな」

浣腸器のノズルが引き抜かれたあとの五月のアナルを指で揉みながら、橋は隣で涙目の姉を見た。

「あ、あ、だめ、くう、ああ、ああ」

肛肉を押された五月が苦しげに縛られた上半身をよじらせる。おそらく浣腸のあとに襲いかかるであろう排泄欲求に苦しんでいるのだ。

「わかりました。ああ、私が残りを受けますから、してください」

これ以上、五月を苦しめるわけにはいかない。香純は悲壮な覚悟を決めて、自分も未経験である浣腸をうけることを決めた。

「そんな言い方じゃあ、橋さんもやる気がでないでしょう。ほら、もっと色っぽく、香純のお尻にいっぱい浣腸して、って頼みましょうよ」

死にたい気持ちで浣腸を覚悟した美夫人に、松村がさらなる追い打ちをかけてきた。

この卑劣な男たちはどこまで、自分たち姉妹を辱《はずかし》めるつもりなのだろうか。ただ妹を楽にさせる方法は彼らの言いなりになるしかない。

「ああ、橋さん、ああ、香純のお尻にも……」

少し息を荒くしながら、香純は妹の股間の前にいる調教師を見た。自分から浣腸を求めるなど、清純な女の人生を歩んできた香純にとっては生き地獄だ。

ただなぜかそのなかで、身体の奥に熱さというか、胸が締めつけられるような昂りを感じてしまうのだ。

「香純にもたくさん浣腸して……ああ……」

それがマゾの感情なのか、香純本人もはっきりとはわからない。ただ言ってはならない言葉を口にしたというのに、満たされたような思いになり香純は目を閉じるのだ。

「じゃあ、松村さん。二本ほど、欲しがっている奥さんに入れてあげてください」

「よしきた」

洗面器の中にあるガラスの浣腸器を二本、橋が差し出すと、松村は声を弾ませて受け取り、先端のノズルにクリームを塗り込んだ。

「いくぞ奥さん、たっぷり呑むんだ」

ヌルヌルになったノズルを、松村がゆっくりと香純のアナルに挿入してきた。

「あっ、くう、あっ」

排泄するだけの器官のはずの肛肉を内側に押し込まれる感触に、香純は小さめの唇を割り開いて声をあげた。

強い異物感と同時に、溶液が中に流れ込んできた。

「あ、ああ、いや、あああ」

液体が直腸の奥に向かって注入される。その圧力に香純はおののきながら、縛られた上半身をよじらせるのだ。

「ふふ、しっかり飲みましたな、よし次だ」

一本目を入れ終えた松村は間髪入れずに、次の浣腸器を香純の中に入れてきた。

こんどはゆっくりと浣腸液を香純の腸内に押し入れてくる。

「あ、いや、ああ、はうっ、ああ」

松村はさらに先端のノズルをアナルに出し入れさせている。肛肉が強制的に開閉させられる違和感に悶絶しながら香純は身悶えをしつづける。

薬液はゆっくりだが確実に香純の腸内を満たしていった。

「残りの一本はどうするんですか？」

香純に二本目を注入中に、憲一が洗面器に残った最後の浣腸器を指差した。

「そうだな、これでいいんじゃないか」

橋は五月のアナルに入れいてる浣腸器を抜き取ると、洗面器に残っている溶液を吸いあげた。

そして最後の一本は香純を責めている松村に渡した。

「なるほど、これで姉妹で仲よく半分ことというわけだ」

三本目の浣腸器をかまえた男ふたりを見て佐倉がそんなことを言った。

「そんな、ああ、もう許して」

五月のことも心配だが、香純ももう苦しくてたまらない。浣腸液の中身はもちろんただの水ではなかったようで、腸の中で暴れ回っていた。

「ふふ、このくらいで腹が割けたりはしませんよ。最後は味わって呑んでください」

もうずっと苦しげに収縮を繰り返している香純のセピアの肛肉に、ノズルがゆっくりと侵入していった。

それと息を合わせて橋も五月に最後の浣腸を始めた。

「ひいっ」

もう入らないと思える状態の腸にさらなる圧力を感じ、姉妹は同時にのけぞった。

洗面器にたっぷりと入っていた溶液はすべてふたりの中に注入され、そこから地獄の時間が始まった。

「ああ、いやっ、お願い、くう、あああ」

天井に向かってVの字に吊られた肉感的な両脚をよじらせ、香純は苦悶していた。

腸内を膨らませた溶液は、さらにかさを増して体外に出ようと押し寄せていた。

「ああ、縄を解いて、あ、早く」

もうオイルは拭い取られているのに、フルフルと揺れる巨乳も丸みのある頬も汗に濡れ光っている。

浣腸による強烈な便意は限界に達しようとしていた。

「ああ、お姉さん、私、ああ、うう、くう」

隣の座卓では、姉と同じポーズの五月が、開かれた長い脚をずっとくねらせている。

注入された量は同じでも、香純よりも先に浣腸されていた妹は、もう限界などとっくに越えているのかもしれなかった。

「ああ、五月、くう、あああ」

切れ長の瞳を見開いて妹を気遣う香純だったが、下腹部が強く締めつけられてこもった声をあげた。

もう肛肉は崩壊寸前で一瞬でも気を抜いたら崩壊が始まりそうだった。

「お願い、おトイレに、いかせて、あっ、あああ」

五月が切羽詰まった様子で叫ぶ。その様子を見て橋が立ちあがって障子を開いた。縄を解こうという素ぶりも見せない彼は、外の縁側に置いていたのか、白い金属製のオマルをふたつ手にして戻ってきた。

「お嬢ちゃんは、兄さんが面倒を見てやりな」

オマルのうちのひとつを、橋は五月のそばにいる憲一に手渡した。

「えっ、俺ですか」

オマルを受け取りながらも、憲一は驚いた顔をして橋と苦悶する五月を交互に見た。

「そうだよ。お嬢さんのあと始末はいやかい？　惚れてるんだろ」

橋はにやりと笑って、五月の下腹部を軽く押した。

「ひい、いやあ、あああ、お願い」

もうわずかな刺激でもたまらないくらいの苦痛なのだろう。同じ苦しみに喘ぐ者として、香純は痛いほど感じ取れた。

「お願いです、少しだけでいいのです、縄を解いてください、ああ」

あんなものに排泄をさせるつもりなのか。妹をそんな目にあわせるわけにはいかないと、香純はこの場のリーダーでもある木塚に向かって懸命に訴えた。

「解いても、池の上の橋が降りてないと便所がある母屋《おもや》にはいけないぞ。そこの縁側から池にケツを突き出してひり出すか？　それを撮影するのもおもしろいな」

汗にまみれた顔を向けて懸命に哀願する美夫人に、木塚は冷酷に笑いながら言い、二台のビデオカメラを見た。

そうカメラマンたちはずっと撮影を続けているのだ。

「ああ、悪魔だわ、あなたたちは、ああ、あああ」

香純は自分の肩に顔を擦りつけて号泣する。裏切られて写真どころか動く映像を撮影されていた。

そのうえ排泄する姿まで撮られたとなると、もう自分たちは彼らから逃れることは叶わないだろう。逃げたとしてもそんな映像をばらまかれたりしたら、幸村家や実家にとてつもない迷惑をかけてしまう。

これから香純と五月は、悪魔たちのオモチャとなって生きていくしかないのか。

「ああ、いやあ、ああああ」

あまりのつらさに泣く香純の下腹部をまた強烈な締めつけが襲った。

いまの香純は悲しむことすら許されないのだ。

「ああ、お姉さん、ああ、私、ああ、もう、だめ、ああ」

そんな姉に潤んだ瞳を向けて、五月がか細い声をあげた。

紫色になった厚めの唇もずっと震えている。もう妹は心身共に限界なのだ。

「どうすんだ、兄さん」

オマルを手にしたまま呆然と見つめている憲一に、橋が強めな感じで言った。

「も、もちろん、俺が面倒をみます」

やけにギラついた目で答えた憲一は、オマルのフタを外し五月の開かれた股の前に膝をついた。

冷たく光る白い便器が、負けないくらいに色白の尻たぶにあてがわれた。

「さあお嬢ちゃん、愛しい彼が大便の始末をしてくださるそうだ。うんと甘えながら出しなさい」

五月の腹部を軽く撫で、橋はその身を引いた。

「そうだよ、五月ちゃん。ちゃんと受け止めてあげるからね、心置きなくぶちまけたらいいよ」

手にしているオマルをさらに前に突き出しながら、憲一はハアハアと息まで荒くしている。

彼もまた、この女を嬲り泣かせる空間に取り込まれているように見えた。

「くうう、ああ、憲一さん、ああ、五月、もう出てしまうわ、お願い、あまり見つめないで」

最後の恥じらいを見せながら、恨み重なるであろう憲一にもすがるように五月は訴えている。

その首筋は引き攣り、上体の上で揺れる巨乳もどこか悲しげに見えた。

「気にしなくていい、俺は君のすべてが見たいんだ。どんなものが出てきても目を背けないぞ、心置きなく出すんだ、五月」

最後はその名を呼び捨てにして憲一は笑った。その笑顔は言葉のように慈《いつく》しむ感じではなく、悪魔のような歪んだ笑みだった。

「ああ、だめ、ああ、もう、ごめんなさい、ああ、出ちゃう、ああっ」

最後に絶叫をあげ、五月は縛られた上半身をのけぞらせた。

薄茶色のすぼまりが大きく膨らみ、茶褐色の濁流が噴き出してきた。

「うわっ」

その勢いに憲一が驚きの声をあげている。噴出は勢いを増し、白いオマルを茶色に染めていく。

男たちも腰を浮かせて美女の崩壊を覗き込む。二台のビデオカメラも五月に近づき、その様子を克明に記録していた。

「いやっ、あ、ああ、見ないで、ああ、はうっ」

五月はVの字に開かれた両脚を震わせながら羞恥に身悶えている。

太腿が波打ち、濁流にかたまりまで混じらせながら排泄は続く。

「少々はしたないな、量も多いし便秘だったのかい、お嬢ちゃん」

「確かに臭いもきついですね、ため込んでいたのかな」

佐倉と松村は五月を辱める言葉をかけながら笑っている。そんな男たちの前で、五月はただ、ああ、ああ、と呻《うめ》きながら排泄を続けるのだ。

「俺は気にならないよ五月。ほら最後までウンチを出しつくせ」

「ああ、憲一さん、ああ、まだ、出るわ、ああ」

しっかりと目を合わせながら、放出は続き、最後に放屁の音まで立てて大きな物体を吐き出し、五月の排泄がようやく止まった。

「もういいのかい、五月」

「は、はい、憲一さん……」

憲一の言葉に耳まで真っ赤にした五月が頷き、地獄絵図はようやく終わりを告げた。

オマルにフタをした憲一は、最後まで僕が始末をしてくるからねと五月に声をかけて立ちあがった。

「ああ、ごめんなさい、憲一さん」

死にたいほどの屈辱なのだろう、五月の声は震えている。ただ憲一の背中を見送るその大きな瞳はどこかうっとりとしているように見えた。

「さあ、次はお姉さんの番だな。どうだ、明日の朝まで我慢してみるか？　そうしたらトイレに行かせてやるぞ」

お次は香純だとばかりに木塚が言い、ビデオカメラと男たちが移動してきた。

「ひどいわ、ああ、どこまで私たちに地獄を味あわせれば気がすむのですか」

もう限界などとうに越している便意に苦しみながら、香純は恨みがましく叫ぶ。

ねっとりと肉の乗った下腹部は常に上下し、脂汗が広がって、オイルのとき以上に白い身体が輝いていた。

「ふふ、地獄か。では天国にいきながら出してみますかね」

自分たちを悪魔と罵る美夫人に、教授の松村がオマルと同時にバイブを手にして近寄ってきた。

「奥さんの始末は私がするとして、こっちは木塚さんにお任せしていいですかな」

「なるほど。やりましょう」

松村から黒いバイブを受け取り、木塚も立ちあがった。

「ひっ、いやっ、なにをするの」

黒光りするバイブは先ほど香純を絶頂に追いあげたものだ。いまだ膣内に感触が残っているそれが視界に入り、香純は悲鳴をあげた。

「松村さんの言ったとおりだよ。奥さんは天国にのぼりながらウンチをするんだ」

香純の吊られた両脚の横側から身を乗り出した木塚は、握ったバイブを再び香純の中に挿入してきた。

「あ、いや、いまは、あ、だめ、あああ」

硬い物体が膣肉を割り開いて侵入してきた。入ってきた瞬間に甘い痺れが下半身を包み込み、香純は狼狽しながら喘いだ。

快感に力が抜けると、アナルが決壊してしまう。香純は歯を食いしばってなんとかそれを堪えた。

「こんどはお預けなんかなしだ。一気にしてやる、嬉しいだろう奥さん、ふはは」

まさに悪魔のような笑みを浮かべた木塚は、香純の奥にバイブを押し込むのと同時に根元のボタンを押した。

先ほどのように焦らす動きはまったくなく、けたたましいモーター音とともにバイブが強くうねった。

「ひいい、いやあ、あああ」

蛇のようにくねるプラスティックが、まだ濡れている媚肉を掻き回し、快感が吊られた脚の先まで痺れさせる。

限界を越えている肛肉が一度膨らみかけ、香純は懸命に押さえ込んだ。

「おっと、出すときは出すと言ってくださいよ、奥さん」

松村が慌てた様子でオマルのフタを外し、座卓のうえの熟れた桃尻にあてがった。

冷たいブリキの感触に下半身が引き攣って、また崩壊しそうになった。

「ふふ、さすが三味線の名家の奥様だ、我慢強い。だがこれはどうかな」

もう紙一重で堪えている状態の香純の媚肉で暴れているバイブを、木塚は前後にも動かしてきた。

「ひいい、だめ、ああ、そんなの、ああ」

掻き回す動きにピストンまで加わり、さらなる激しい快感に香純は翻弄される。

「だめ、だめえ、ああ、あああああ」

もう腰が痺れて感覚がない。浣腸液に溶かされた排泄物の圧力はさらに力を増し、地獄の苦痛だ。

「ああ、ひどい、ああ、人でなし、はうっ、木塚さん、あなたは鬼です」

快感と苦痛が体内で入り混じり、もう意識まで怪しくなってくる、香純はそんななかでにやけ顔でバイブを動かす男を罵るのだ。

「はは、そんなことを言ってるくせに、奥さんのオマ×コはバイブをグイグイ締めつけてるぞ。ほれ、人でなしのバイブがそんなに気持ちいいのか？」

激しい調教を受けて開発され、さらにいましがた焦らし責めのあとの最高の絶頂を知った香純の媚肉は、貪欲なほどに刺激を求めて反応している。

香純自身もはっきりと感じるほどに、うねるバイブを食い締めていた。

「ああ、だって、ああ、だって、あああああ」

朦朧とする意識の中で、香純はなよなよと首を振ってそんなふうに言うのだ。

彼らの思うようにされてくやしいという思いすらも、マゾの昂りに変わっていく。

「どうだ、奥さん。いいんだろ、浣腸されてオマ×コ掻き回されてたまらないんだろ」

木塚が興奮気味に叫びながらバイブを激しく前後させる。香純がのっぴきならない状態にあることに木塚はしっかりと気づいて追い込みをかけてくる。

彼の目も血走っている。高利貸しの男は、よがり狂う清楚な美夫人に対し、歪んだ淫情を燃やしていた。

「あああ、たまらないわ、ああああん、香純、ああ、もうだめ、ああ、おかしくなる」

後ろ手に縛られた上半身をよじらせながら、香純は限界を口にした。

吊られた白い太腿がヒクヒクと引き攣り、溢れた汗が流れ落ちて座卓の上にまで滴っていた。

「ほら、奥さん。ウンチも限界なんだろ。松村さんにちゃんと出しますとお願いしろ」

横から調教師の橋が語気を強める。カメラをかまえた男たちが、それぞれのレンズを香純の上半身と、バイブを飲み込んだ股間に向けた。

美夫人の崩壊を一瞬たりとも撮り逃がさないかまえだ。

「あああ、ウンチが出ちゃうわ、ああ、香純のウンチ、ああ、お願いしますう」

ろれつの回らない甘い声で香純は訴えながら、その身を震わせた。

のぼりつめながら排泄物をまき散らす姿を映像に残されたら、自分の人生は終わってしまう。

いまの香純はそんな思いにも、被虐的な昂りを覚えるのだ。

「いいぞ、奥さん。たっぷりと出しなさい」

白いブリキのオマルを松村が強く押し出してきた。肌に硬い金属が食い込む。

「あああ、イクわ、ああ、香純、ああ、イキますう。ああ、イクう」

その感触を合図にするように、強い快感の波がわきあがる。

縛られた身体をのけぞらせて、香純は絶叫を響かせてのぼりつめた。

そして同時に肛肉が開花する蕾のように膨らみ、排泄が始まった。

「あああ、はあああん、イク、ああ、すごいわ、ああ」

茶褐色の液体が凄まじい勢いで噴出し、オマルの底にぶつかって音を立てる。

「うわ、臭いもきついな、我慢したからかな」

濃い軟便までひり出しはじめた香純を見つめながら、憲一が顔をしかめた。

彼の言葉は嘘ではなく、こげ茶色の汚物が次々に放出され、離れの和室に強い臭気が立ちこめていた。

「ワシは気にならんぞ、奥さん。ほら最後の一滴まで絞り出せ」

木塚がバイブを激しく突き立てながら叫ぶ。

「あああ、はあああん、まだ出ます、ああ、まだウンチ出ちゃう、ああ」

視界までかすむなかで香純はただひたすら秘裂の快感と、排泄による解放感に酔いしれていた。

両方の穴が極限まで昂り、縛られた身体が溶け堕ちていくような感覚だ。

「ああ、あああ、すごい、ああん、香純、たまらない」

そんな姉の崩壊を、隣で五月も目を見開いて見つめている。その視線にも香純は気づかずにただ絶頂に震え、汚物を放出するのだ。

「あ、ああ……あっ、ああ……」

最後に一度全身をブルッと引き攣らせ、香純はぐったりと縛られた身体を座卓に投げ出した。

大きな呼吸で縄の食い込む胸が上下し、汗に光る巨乳がフルフルと揺れていた。

「ふふ、素晴らしかったぞ奥さん」

木塚も満足げに笑って、バイブを香純の中から引きあげる。うねりが止まった黒いバイブと薄桃色の膣口との間で、粘っこい愛液が糸を引いていた。

「奥さん、よかったのかい？」

小さめの唇を半開きにする香純の耳元に、調教師の橋が口を寄せて囁《ささや》いた。

さらに香純の頭を両手で持ち、座卓の横から撮影しているビデオカメラのほうを向かせる。

「ああ……とってもよかったわ……」

記録されているのだとわかっていながらも、香純はうっとりとした目をレンズに向けてつぶやくのだった。

第五章　悪魔たちの宴

暴漢たちにレイプされた写真やテープは返してもらえたが、それとは比べものにならないほどの淫猥な映像を木塚らに握られてしまった。

悪魔はもちろん姉妹を解放するつもりなどない。それをたてに取り、美しく艶やかな肉体を責め抜くつもりなのだ。

その宴は二週間後、都外にある佐倉の別荘で行われる予定だ。香純の夫のスケジュールを提出させられ、地方に一週間演奏会に行く日を指定されていた。

「前半部分を編集したものがちょうど今日届いたのですよ」

木塚は幸村邸にほど近い場所に出張事務所をかまえた。看板もあげておらず、彼曰《いわ》く、香純や五月と連絡を取りやすくするためで、仕事はついでらしい。

そこに呼び出された香純の目の前に、木塚は黒いビデオテープを取り出した。

専用機器を使い、編集という作業をして二台のビデオカメラで撮影した映像をひとつにまとめるそうだ。

それほど広くない事務所には応接用のソファが置かれ、その横には大きめのテレビがあり下の台にビデオデッキがある。

「ふふ、私もまだ見ておらんのですよ」

ビデオデッキが音を立てブラウン管に映像が映し出された。

画面には座卓で大の字に縛られた裸の女がいた。

『あ、ああ、だめ、ああ、もう私、ああ、ああ』

画面の中の女の全身はオイルに濡れ光っていて、開かれた太腿の奥にあるピンク色の裂け目は丸出した。

ヒクヒクと物欲しげにうごめく、女の部分がアップになった。

「こりゃ、ちょうどいいところで止めてくれていたのかな、ふふ、テレビで見てもいやらしいオマ×コですな」

ソファに座ったまま、画面に向かって身を乗り出した木塚は大声でまくしたてた。

「い、いやっ、止めてください、あああ」

画面の中で切なそうに身悶えている女は香純自身だ。ときおりアップにされる軟体動物のようにうごめく媚肉も自分の一部だ。

それがテレビの画面に大写しになっている。あまりの羞恥に、香純は白地に青の柄の入った着物に包んだ身体をふらつかせるのだ。

「こ、こんなことを、ああ、ひどすぎます」

恥ずかしい姿を撮影されていたのだというのはわかっている。ただ実際に目にすると心が砕けそうなくらいにショックだ。

『ああ、だめえ、あああ』

『おお、出た、すごいぞ』

ソファに座ったままふらつく香純を尻目に再生は進み、透明の水流が噴きあがる様子が映し出された。

画面の中の自分が淫靡に顔を歪めながら、大量の潮を座卓にまき散らしている。

「ふふ、はしたないですなあ。幸村家の奥さんがこんな水鉄砲みたいなまねを」

自分たちがそういうふうに追い込んだくせに、木塚は嫌みたっぷりに香純の着物の身体に目を這わせてくる。

このときに橋が口にしていた、淫らな女ほど大量の潮を噴く、という言葉がなぜか香純の脳裏に蘇《よみがえ》った。

こんなにも大量の潮をなんども噴き散らす香純は、とんでもない淫婦だということなのか。

「ああ、もう許してください……」

自分はそんな呪われた肉体の持ち主なのだろうか。恐ろしくて香純は、もう座っているのもつらくなって目の前のテーブルに手をついて身体を支えた。

「ほら、ここだけ見てくださいよ、実にいいお顔だ」

木塚は一度ソファから腰をあげてデッキを操作し、映像が進むのを止めた。

香純は機械に疎いからよくわからないが、夫が言うにはいまのビデオデッキには一時停止と言って再生中に止める機能がついているらしい。

「ああ……」

画面の中では潮の放出を終えた香純の顔がアップになっていた。

切れ長の瞳を濡らし、唇は半開きになっている。視線の定まらないその表情は悦楽の余韻に酔いしれているように見えた。

(私……ほんとうにあんな顔を……)

少しでも目を開くと、自分の顔がアップになった画面が見える。

頬をピンクに染めてうっとりとする自分。夫の前でもあんな顔は見せていないだろう。

なのにこんな卑劣漢たちの手にかかり、潮吹きという醜態を晒したうえに蕩けた顔をしているのだ。

(私……どうなってしまうの?)

男たちに犯され膣内に精を放たれたことよりも、変態的な行為で感じてしまったほうが罪深いように思える。

その罪は香純自身の罪なのだ。そしていまも木塚たちに目覚めさせられたマゾヒストの昂《たかぶ》りがわきあがり、身体が熱い。

変態的な快感に溺れていくしか道はないのか。そんな感情に囚われるたびに、着物の中の乳房や股間が昂っていた。

「初めてお会いした懇親会であなたをご主人に紹介されたときから、ずっとこういう顔を見たいって妄想してたのですよ」

ビデオはそのままにして、木塚は対面のソファから香純の座る側にやってきた。

着物姿のその身体に自分の身を寄せ、帯のあたりに腕を回して抱き寄せようとしてくる。

「あっ、いや、なにもしない約束じゃありませんか」

自分の潮吹き姿を見せられたショックで、手にも脚にも力が入らない香純は、なんとか声だけは振り絞って訴えた。

それでも張りのある声は出せず、弱々しくか細い響きだ。もう身も心も彼らに逆らえなくなっているのだと、香純はあらためて自覚していた。

「わかっておりますよ。こちらが決めた約束ですからな。つらいですがしょうがない」

そう二週間後の別荘の日まで香純と五月に指一本触れないというのは、調教師の橋が言い出したものだ。

皆の前でそう宣言し、全員が了承したのだ。まさか木塚が先頭切って反故《ほご》にするわけにはいかないのだろう、彼は不満げにしながらも身体を離した。

「ならばもうひとつの約束の確認をさせていただけますかな。そのために今日はおこしいただいたのですから」

座り直す気力もなく、ソファに両手をついている香純に、木塚がにやりと笑って言った。

彼らと交わされた決めごとはもうひとつあった。

「着物を捲ってお尻を出すだけでけっこうです。私がお手伝いしましょうか?」

「い、いいえ、自分でできますから」

なんとか立ちあがった香純は、ためらいがちにソファに座る木塚を見たあと、背を向けて着物の裾に手をかけた。

長襦袢《じゅばん》も腰巻きもいっしょに摑み、上に持ちあげていく。白い脚が徐々に露《あらわ》になっていく。

「脚も前よりなんだか色っぽく見えますな。心境の変化が身体に出ておるのですかね」

自分たちの調教で新たな快感を知り、肉体にも変化が起こっていると木塚は言いたいのだろうか。後ろを少し見ると、彼はもう顔を崩して笑っていた。

「そんなこと……ありませんわ」

着物を両手で摑んだまま、香純は小さく首を振った。ただ彼の言葉には思いあたる節がある。

風呂などに入り自分の身体を見たときに、全体的に丸みを増しているように感じる。まるで男たちを喜ばせるために肉体が成長しているように思え、香純はひとり涙した夜もあった。

「そうですか、ふふ、ほら、もう少し捲っていただかないと」

なにか意味ありげに笑い、木塚は背を向けている香純に指示を出した。

摑んだ裾をさらに持ちあげ、熟れた白尻を剝き出しにする。彼らの命令で着物のときには下着をつけないというのは変わっていない。

「ちゃんと入れているようだな、感心感心」

捲れた着物の奥から、染みひとつない熟れた桃尻が露になる。その豊満な尻たぶの谷間から丸いリングのついた黒い紐がぶら下がっていた。

「どうですかな、つけ心地のほうは」

木塚は自分の手でも香純の着物を持ちあげながら、リングに指を通して軽く引っ張った。

「ひ、ひいっ、動かさないでください、ああ」

その紐は香純のアナルの中に繫がっていた。橋の命令で香純と五月の姉妹は、一日中アナルに異物を挿入させられていた。

大きな錘のような形をした器具もあるし、今日のもののように、プラスティックの球が連なった形のものもある。

そのすべてが女のアナルの性感を開発するものだと、恐ろしい言葉を言われていた。

「いや、引っ張らないで、あ、だめ、ああ」

肛肉が拡がっていくのを感じ取り、香純は声をあげた。

卓球の球と同じくらいの大きさの球が、紐で繋がった器具を今日は挿入している。すべて橋の指示だ。

調教を受けない二週間の間、香純たちはいきなりの呼び出しにも応じて、こうしてチェックと受けるように命じられていた。

毎日呼ばれるわけではないが、いつ連絡がくるかわからないので常にアナルに異物を入れた状態で生活をせねばならなかった。

「いやいや、ちゃんと我々が指定した道具が入っているか、出してみて確認せねばなりませんからな」

前回のチェックは運送会社社長の佐倉が配達員の格好をして現れ、幸村家の庭のすみでこうして尻を剝き出しにされた。

その際に新しい器具が追加で渡され、それぞれを入れる曜日が指定されたのだった。

「ああ、ちゃんと入れてますから、はっ、はあん」

紐で繫《つな》がる球がひとつ、ゆっくりと腸内から引き出されていく。肛肉が大きく開かれて外に飛び出してく。

それは排泄を強制的にさせられているような感覚で、香純は声をあげてしまうのだ。

「お尻が震えておりますぞ、奥さん。アナルのほうも立派に性感帯として成長してきてますなあ」

楽しげな木塚の笑い声が聞こえたあと、二個目の球が引き出される。

その感覚は確かに快感だ。そして毎日、器具によって弄《もてあそ》ばれるなかで、香純は肛肉や直腸の快感を自覚しはじめていた。

「ああ、あまり長居はできないのです、早く終わらせて」

家政婦の光恵には少し出てくると伝えてきただけだ。長時間になるとなにか事件に巻き込まれたかと心配しはじめるかもしれない。

「そうですか、ならば急がねばなりませんな。一気に全部出して確認しましょう」

「えっ、そんな、もう充分じゃありませんか」

着物の裾を持ちあげたまま背後に顔を向け、香純は激しく狼狽した。

腸の中にはいくつもの球が入っている。それが一気に引き出されるなど想像もできない。

「先端の一個までちゃんと本物か確認せねばならないですからな。いきますぞ」

頬を引き攣らせて訴える香純は無視して、木塚は強く器具の紐を引きさげた。

「ひっ、ひいい、はあああ」

大きな球が連続してアナルから引き出される。肛肉が閉じる間もなく、次々と球が飛び出していく。

肛肉と腸壁をプラスティックの球が強く擦り、強烈な快感に腰が震える。

剝き出しになった肉感的な白い脚が痙攣しながら折れ、香純は目の前のソファに両手をついて突っ伏した。

「よしよし、本物ですな。では入れますよ」

着物を乱してソファに身を預けたまま、剝きだしの桃尻を突き出すみじめな体勢の美夫人に、木塚は冷たく言い、すべて引き出した球を再び肛肉に押し込んできた。

「ひっ、ひあっ」

もう言葉も発することもできずに香純は、その切れ長の瞳を見開いてのけぞった。

大学の講義の最中もずっと硬いものが肛肉を嬲りつづけている。

着席して座ると自然と体重を浴びせるかたちとなり、長めのねじりの入ったプラスティック棒が腸壁に食い込んだ。

(ああ……いや……)

同級生たちに悟られてはならないと、五月は懸命に声を抑えるが、頰はピンクに上気し呼吸も速くなっている。

今日も友人に熱があるのではと心配された。この一週間、五月は大学でも家でもこんな状態だ。

「さようなら」

大学を出るころにはもう息も絶えだえだ。いまもこうして歩いているだけで、腸の中をねじり棒がグリグリと刺激している。

取っ手の部分が体外に出ているので、それが下着に擦れ、てこの要領で直腸を掻き回していて、そのたびに強い快感がわきあがる。

（いや……どうしてこんなに……）

五月は自分の腸やアナルの反応が恐ろしくて仕方がない。本来ならば性行為と関係のない場所を嬲られているというのに、なぜこんなに感じているのか。

『アナルも開発したらちゃんとイケる性感帯になるんだぞ』

調教師の橋が言った言葉がやけに耳に残っている。開発という言葉、まさにいま自分の肛肉や腸は男たちによって目覚めさせられようとしていた。

「ああ……」

フラフラと虚《うつ》ろな目で歩きながら、五月は無意識にあの日、憲一と会った工場と公園の間の道に入っていた。

そしてそこには、見覚えのあるスポーツカーが停車していた。

「五月、顔が赤いぞ、どうしたんだい？」

車の存在を意識した瞬間に、憲一が運転席から現れた。なぜ五月の様子がおかしいのかわかっているだろうに、わざとらしい。

「今日はチェックのために来たんだ。さあ、乗るんだ」

「ああ、そんないや……」

助手席のドアを開いて、憲一は五月を後部座席に押し込む。

藤色のワンピースを着た身体を、スポーツカーの狭い後部座席の中で四つん這いにさせられた。

「いっ、いや、こんな場所で、ああ、誰か来たら」

憲一は外から上半身を突っ込む体勢で、ワンピースのスカートを捲りあげてきた。

白のパンティに包まれた瑞々《みずみず》しいヒップに外気があたるのを感じ、五月は切ない声で訴えた。

いくら人通りの少ない道とはいえ、まったく誰も通らないわけではないのだ。

「すぐにすむよ。君になにもしないかわりにこうしてチェックを受ける約束だろ。俺だって五月を抱きたいのを我慢しているんだぜ」

もうずっと夫気取りで五月のことを呼び捨てにしている憲一は、少し不満そうに言いながらパンティを引きさげた。

「ああ……」

そう、こんど佐倉の別荘に行く日まで、男たちに責められないかわりに、アナルになにかしらの異物を受け入れて暮らす約束を交わしていた。

それは姉の香純も同じで、自宅にいる際もずっと赤い顔をしている。きっと五月も同じだ。

禁断の場所である肛肉も、いまや立派な感じる場所に成長していた。

「おやおや、なんだいこれは五月。ずいぶんと濡らしているじゃないか。パンティに染みまでできてるよ」

四つん這いで尻を突き出した体勢で脱がされれば、当然ながら股間も露になる。

自分では見えないが五月の媚肉から愛液が溢れていたのだろうか。

「淫らな子になったな五月は、もう立派な淫婦じゃないか」

そんなことを口走った憲一はアナルに入っているねじり棒を前後に動かしながら、膣口にも指を突っ込んで掻き回してきた。

「ひっ、ひあ、あああ」

両穴同時の快感が頭の先まで突き抜けていき、五月は後部座席のシートに爪を立てながらのけぞった。


佐倉の別荘には一泊二日の泊まりとなる。香純と五月は、それぞれ別の、偽りの予定を家政婦の光恵に告げ、泊まり支度をして自宅から離れた駅でおちあった。

そこから特急電車の指定席に乗り、関東平野の外れのほうの山中にある佐倉の別荘に向かっていた。

「ああ……お姉さん、私、怖い」

香純は薄い緑の訪問着、五月は美しい振袖姿で、ふたり並んで列車のシートに座っている。美人姉妹が和服で並ぶ姿に、男性の乗客が立ち止まることもあった。

「ああ、五月、ごめんなさい、私がふがいないせいであなたをこんな目に」

隣にいる五月の手を香純はそっと握った。自分がもう少ししっかりとしていたら、せめて五月を巻き込むことはなかったのではないか。

香純はそんな後悔にさいなまれるのだ。

「ううん、違うの。お姉さん……」

蒼白になった顔を姉に向けて五月は小さな声でつぶやいた。その大きな瞳にはうっすらと涙が浮かんでいるように見えた。

「私、あの人たちに犯されることよりも、どうしようもなく感じてしまう自分が恐ろしい。きっと今日、身も心も屈してしまう、そんな気がして怖いの」

五月は目を伏せて姉にそう言ったあと、手を強く握りかえしてきた。

「五月……」

馬鹿なことを考えてはいけない、その言葉を香純はどうしても言えなかった。

縛られ絶頂に追いあげられ、あげくの果てにアナルの快感まで仕込まれた。そのなかで香純は屈辱感にすら興奮を覚えるマゾヒストとしての興奮を自覚していた。

そして、自宅に戻る必要のない今日は、きっと気が狂うまで嬲り抜かれる。

（ああ……いや……）

それを想像すると香純は股間に熱い疼きを覚えるのだ。二週間以上、アナルだけを器具で拡張されつづけた二十八歳の肉体は、ずっと焦らされたような状態だった。

この身体に責めを受けたら、きっと自分は正気ではいられなくなる。そんな思いに囚われ、香純は和服の中の下半身をよじらせるのだ。

「五月、私も怖いわ」

香純はもう、振袖姿の妹を抱きしめることしかできなかった。

佐倉の別荘は田舎の駅から、さらにタクシーで二十分ほどかかる深い山奥にあった。丸太を重ねたログハウスのテラスの前は深い谷になっていて、急斜面の崖が、お前たちに逃げ場などないとふたりに告げているように思えた。

そして集合した男たちは、姉妹に自身が崩壊してしまう恐怖に怯える暇《いとま》すら、与えてはくれなかった。

「あっ、あああ、お姉さん、あ、ああ」

別荘に入るなり、あっという間に裸にされた香純と五月は、板張りの広間に据えられた木馬に向かい合わせて跨がらされた。

馬の頭に背を向けるかたちで香純はその肉感的は両の太腿を開いて、木馬の胴を締めつけている。両腕は天井に向かってそれぞれ縄で吊りあげられていた。

吹き抜けの天井部の下には、細い丸太が格子状に何本も交差している。暖炉もあるこの広い部屋のどこでも女を吊せる構造になっていた。

「はうっ、お姉さん、ああ、ああ」

五月もまた瑞々しい白い裸体を晒し、姉と向かい合って両腕を天井に向かって縄で引きあげられている。

今日は身体には縄掛けはしておらず、五月が激しく喘ぐたびに張りの強い巨乳がブルンと弾んでいた。

「今日は薬の濃度が三倍だからな、ふふ、疼いてたまらないだろう」

木塚が木馬の上で身悶えるふたりを覗き込みながら笑った。男たちは佐倉、松村、橋、憲一、そしてカメラマンの男たちを含めて全員が揃っている。

今日も、二台のビデオカメラが姉妹の痴態を逃がすまいと、レンズを向けていた。

「ああ、そんな、ああ、ひどいわ、ああ」

濃度三倍とは、木馬の胴体に塗られたオイルに含まれる怪しい薬の量らしい。

前回、香純が大の字縛りの裸体を、痒みと熱さにくねらせたオイルと同じものらしいが、効き目が三倍だというのだ。

しかも木馬の、香純たちの股間があたる部分には動物の毛皮が貼られていて、その硬い毛が敏感な秘裂に触れている。

普通ならば毛先が刺さって痛いのだが、オイルのぬめりがそれを緩和していて、絶妙な刺激を二人の敏感な場所に与えていた。

「あああ、だめえ、あああん、ああ」

両腕を上に伸ばしたまま、香純は自ら腰を揺すり、股間をその毛皮に擦りつけていた。

三倍だという言葉に偽りはなく、たまらないくらいに、女の肉やアナルが熱くて痒い。じっとしていたらほんとうに頭がおかしくなりそうだ。

「はうん、ああ、五月、ああ、いや、ああ」

喘ぐ妹を気づかう香純だったが、木馬に乗せた桃尻まで痺れるような快感に大きくのけぞった。

両腕を吊っている二本の縄がギシギシと音を立て、たわわな乳房が波打った。

「ああん、お姉さん、ああ、辛いわ、ああ」

身体にオイルを塗られているわけではないのに、五月は全身を汗に光らせながら、蕩けた瞳を目の前の姉に向けた。

「ああ、私もよ、ああ、ああん、こんなの」

毛皮の刺激があるといっても、それほど強いものではない。

オイルの中の薬によって媚肉やアナルに広がる痒みと疼きは、腰を揺すったくらいではどうにもならなかった。

「ああ、お願いします、ああん、五月のアソコ、ああん、なんとかして憲一さん」

女の敏感な肉を燃やす昂りに屈したのか、五月は木馬から少し離れた場所に立っている憲一に顔を向けて訴えた。

あの男にすがるのは辛くてたまらないだろうが、もう耐えきれなかったのだろう。

「アソコじゃ、わからないな、どこがだい？」

憲一はニヤニヤと笑いながら、裸の身体をずっとくねらせる五月を覗き込んだ。

この男もすっかり橋や木塚の影響を受けていて、ネチネチと女をいたぶってくる。

「ああ、そんな、ああ、だめえ、ああ、五月、ああ、オマ×コとアナルが、ああん、痒くてたまらないのう」

一瞬だけ、つらそうに眉を寄せた五月だったが、耐えきれなかったのだろう、大きく喘いでみじめな言葉を口にした。

「よしよし、いいよ、ここかい」

憲一は一度、橋のほうを向き、調教師が頷くのを確認してから、手を木馬の上の五月の桃尻に押し込んだ。

「はあん、ああ、そこ、ああん、もう少し奥、ああ」

五月は鋭敏に反応し、自ら腰を浮かせるような動きまで見せながら、木馬に跨がった白い身体を震わせている。

たまらない快感が駆け抜けているのだろうか。清楚な顔が驚くほど歪んでいた。

「こうかい、ほら、気持ちいいならいいっていわないと、五月」

「あああん、気持ちいいです、ああ、憲一さん、ああ、もっと、ああっ」

憲一はもう腕ごと動かし、五月のヒップの側から突っ込んだ手で掻き回す。

腕を吊っている縄を摑んで自分の身体を持ちあげた五月は、もういますぐにでも頂点を極めそうな様子だ。

「さあ、お姉さんはどうするよ。もうアソコは溶けそうなんじゃないのか?」

喘ぐ妹を見ながら荒い息を吐く香純のそばに、運送会社の佐倉が来て囁《ささや》いてきた。

香純は、ああ、と呻いて顔を背けるが、腰の動きは止まらず、ずっと股間を毛皮に擦りつづけていた。

「わ、私……ああ、佐倉さん」

切れ長の瞳を蕩けさせて、香純は佐倉のほうを見つめた。五月のよがり声がさらに香純の心を煽り、崩壊へと向かわせていた。

「ん?」

そのとき別荘の外から車のエンジン音がして、佐倉が反応した。彼は広間を出ていき、すぐにひとりの女性を連れて戻ってきた。

「み、光恵さん、なぜ」

佐倉のあとをついて入ってきたのは光恵だった。香純は泊まりで同窓会にいくと彼女に伝えている。

そのとき、光恵は「どうぞお気をつけて」と言っていたはずだ。もしかすると彼女も五月のように裏で男たちの誰かに調教を受けていたのか。

ただ光恵の様子がどうにもおかしい。その唇には薄ら笑いが浮かんでいるのだ。

「あら、すごい格好ですね、奥様」

木馬の上の香純に近寄ってきた光恵が最初に発した言葉がそれだった。

素っ裸の自分を隠すこともできずに家政婦に見られているのだが、香純は恥じらう気持ちも起こらない。

「ど、どうして、光恵さん」

彼女が脅されてここに来たのではないというのはすぐに理解できた。ただなぜなのか頭が追いつかない。

香純の正面では同じように裸の五月も呆然となっている。

「ふふ、なにもかも私が仕組んだのですよ。木塚さんは昔からの馴染みなんです」

光恵がそう言うと、木塚は、昔の光恵ちゃんは腕っ節が強くて、よくチンピラたちを血だるまにしていたと笑った。

「そんな、あなただってひどい目にあって傷ついたはずじゃ……」

幸村家に暴漢が侵入してきたときに、光恵も男たちに強姦された。幸村家で働いていなければ、そんな目にあわなかったのではないかと、香純は心を痛めていたのだ。

「それも私の手配ですわ、ねえ、そうでしょ、村木《むらき》くん」

おののく香純に対し、勝ち誇ったような態度を見せながら、光恵はなぜかカメラマンのひとりに顔を向けた。

「お久しぶりですね、奥さん。あのときはお世話になりました」

カメラマンが発した声に香純は目を大きく見開いた。そうあの日、強姦魔たちに指示をしていたリーダーの声だった。丁寧な話しかたも同じだ。

「こっちは、五月ちゃんのバージンを奪っちゃった人、種山《たねやま》くんていうの。ふたりとも私の昔の不良仲間なのです」

光恵はもうひとりのカメラマンを指差して笑った。

「はは、ようやく声が出せるね。五月ちゃん、ずいぶんとエッチな身体になってるね」

もうひとりも声でわかる。軽い調子で妹を犯した男だ。顔は目出し帽で隠されていたから気がつかなかったが、話しかたに特徴があるのですぐにわかる。

ふたりは前回の料亭の際にも撮影係だった。正体がばれないように黙っていたのだ。

「な、なぜ、そんなことをしたの？　答えて」

光恵がすべてを計画していた。にわかには信じられないが、どうやら事実のようだ。

ただどうして彼女がそんなことをしたのかが理解できない。香純が幸村家に嫁いで来てから揉めた覚えがないだけでなく、ずっと仲良くしてきたはずだ。

「旦那様、伸一郎さんはね、あんたが来るまで私とセックスをする関係だったのよ」

急に厳しい顔になり、口調や言葉までかわった光恵は、香純のあごを持って自分のほうに顔を向けさせた。

「このまま関係が続いていけば、財産やなんかで美味しい目もみられるかと思っていたのにさ、あんたが来てからとんとご無沙汰。指一本触れてきやしない」

一回するたびにお小づかいもくれていたのに、それもなくなったと、光恵は不満そうにもらした。

「それもすべてあんたが、このでかいおっぱいを振り回して旦那様を骨抜きにしたのが原因だろ」

「そんな振り回すなんて、あっ、くうう」

乳房で夫を誘惑したようなことを言われ、香純は反論しようとするが、光恵の女性にしてはかなり大きな手で、その巨乳を握りつぶされて苦悶の声をあげた。

「おっぱいだけじゃないだろ、他にもいろいろ負けてるぞ」

そのやりとりを少し離れて見ていた木塚が冷やかすように言ったが、光恵にジロリと睨まれると、まずいと思ったのか両手をあげて降参のポーズをとった。

「まあ、おっぱいだけじゃないのは確かね。淫乱ぶりもなかなかよね、ふふ、ずっと腰が止まってないわよ、奥様」

光恵は笑顔を見せたあと、目線を木馬に跨がる香純の下半身に向けた。

ムチムチとした太腿やヒップは常に前後に動いて、股間を毛皮に擦りつけていた。

「いっ、いやっ、見ないで、いやあ」

痒さと熱さがさらに強くなっていて、もう無意識に腰が動いているのだ。

妹まで巻き込んで地獄に堕とした首謀者にそんな姿を見つめられ、香純はあまりのつらさに絶叫した。

「ふふ、ほんと、奥様がこんなにいやらしい女だったなんてね。そりゃ旦那様も夢中になるわね、くやしいけれど」

光恵は乳房を摑んでいた手を両手にすると、ふたつの巨乳を同時に揉みしだき、乳首をこね回してきた。さっきとは違い手つきが妙に優しい。

「ああっ、いやっ、やめて、光恵さん、あ、あ、ああ」

ずっと股間の焦燥感に燃えていた香純の肉体は、悲しいかな見事に反応してしまう。

乳首を指で引っ掻かれたりすると、背中が勝手にのけぞって、香純は縄で吊られた両腕に力を込めながら切ない声をあげるのだ。

「くやしくないの、あんたたちを罠に嵌めた女に感じさせられて」

「ああ、くやしいわ、ああ、いや、はああっ」

殺してやりたいくらいに光恵が憎い。なのに乳首を引っ張られるたびに、香純の小さめの唇からもれるのは官能の声のみだ。

そしてそのくやしさも、いつしか被虐的な昂りに変わっていく。

「ふふ、ほんとに淫乱ね。いっそ妹とふたりで家出して、橋さんといっしょにＳＭショーをして全国を旅したら」

両手を大きく動かして香純の巨乳を揉みしだき、さらには乳首を摘まんだ指でしごくような感じで責めながら、光恵はちらりと橋を見た。

「それもいいな。お前らならスターになれるぜ。一財産稼げるんじゃないか」

調教師の橋が不気味に笑い。木塚たちも「そりゃいい。いつでも離婚できるな」などと囃したてた。

「いやあ、そんなの、絶対にだめ、いやあ」

そんな破廉恥なお金の稼ぎ方などできるものかと、香純は激しく頭を横に振って叫んだ。

だがその瞬間も、背筋はなんども引き攣り、木馬の背に股間は擦りつけられていた。

「ショーに出るかどうかはともかく、もうあんたたちはこの快感から逃げられないよ。元の清楚な奥様に戻るなんて二度とないんだからね」

最後にたわわな双乳を強く握りつぶしたあと、光恵は香純から手を離した。

「ふふ、欲しくてたまらないんでしょ。願いを叶えてあげるわ、淫乱女さん。お兄さん、まずは妹をおろしてあげて」

そして光恵は五月の横にいる憲一に命じた。憲一は頷くと五月の手首に巻きついた縄を外していく。

「五月さん、その男を誘ったのも私ですのよ。もちろん前に取り押さえたときは見ず知らずでしたからね、ほんとうにあなたを救うためにがんばりましたけれども」

憲一の手によって木馬からおろされていく五月に、光恵はそう声をかけた。

木塚の会社に憲一が入ったのも、自分の紹介だったと光恵は語った。

「ああ……そんな……」

もう抵抗する気力もないのか、五月は呆然とした顔で新たに天井下の梁《はり》に通された縄によって両腕を吊りあげられた。

細い二本の腕がバンザイ型に持ちあげられ、脚の裏は床についているものの、五月の白い身体はまっすぐに吊られた体勢となった。

「さあ、お次はこっちね」

うなだれている五月をいちべつしたあと、光恵はまだ木馬の上で両手吊りの美夫人を見た。

「村木くん、あんたの出番よ。たっぷりと奥様を悦ばせてあげて」

「了解です、ふふ、いよいよ奥さんとやれるんですね」

強姦魔のリーダーだった村木はあのとき香純も五月も犯してはいない。

いよいよそのときが来たと彼は勢いよく服を脱ぎ捨てた。

「いっ、いやっ」

香純が声をあげたのは犯されると思ったからではない。村木の股間に反り返っているモノがとても直視できなかったのだ。

あの日、彼が光恵を犯した際にも見たが、彼の逸物は巨根だと言われていた佐倉の肉棒よりも一回りは大きく、そして若さの力か、まっすぐに天を突いているのだ。

「すごいよねえ、村木くんのチ×チンは。私も犯されているふりしているのに思わず声が出そうになったわよ」

「そりゃどうも」

エラのほうもかなり張り出した巨根を見せつけながら、村木はバスタオルを二枚手にして木馬に近寄ってきた。

「種山、憲一さん、奥さんの身体を少しの間、持ちあげてください」

村木は五月を拘束し終えた憲一と、子分の種山に声を掛けた。

種山は二台のビデオカメラを佐倉と松村に預けると、憲一とともに木馬の上の香純を左右から挟んで立つ。

「よいしょっと」

「ああ」

彼らは香純の左右の膝裏に自分の腕を通すと一気に担ぎあげた。両腕を吊られた白い身体がふわりと浮かび、肉感的な両脚が空中でM字になった。

「少しだけ待ってくださいね、奥さん、バスタオルを敷かないとこっちが痒くてたまらなくなりますから」

香純に対してはかわらず丁寧な口調で、村木は二枚のバスタオルをオイルに濡れた木馬の背に敷いていった。

痒み成分の強いオイルが自分の身体につかないようにするためだろう。そのあと、村木はひらりと香純のほうを向くかたちで木馬に飛び乗った。

「さあ、奥さんの下のお口をこいつの上にエスコートしてあげてください」

空中に浮かんだ美夫人の身体を舌なめずりして見つめながら、村木は自分の巨根を指差し、上半身を少し後ろに倒して腰を突き出した。

「了解です」

はしゃいだ声で種山が答え、憲一とふたりで香純を肉棒に向かって降ろしていく。

「いやっ、あ、あああ、だめ、あああああ」

赤黒い亀頭が膣口を押し開く。拳大のそれに目を見開いて頭を横に振った香純だったが、侵入が始まると大きくのけぞった。

ずっと焦らされていた媚肉に熱を持った男を感じた瞬間に、全身が歓喜に震えた。

「お姉さん、待ちかねていたみたいだね。あとは一気に入れてあげようか」

その亀頭が香純の中に入った時点で、橋に素質を見込まれている憲一が、香純の反応にめざとく気がついた。

「いやっ、そんなのだめ、無理、ああっ」

一気とはこのまま香純の中に怒張をすべて入れるということだろう。こん棒のような巨根を打ち込まれる恐怖に、香純は涙を浮かべて懇願した。

お腹が破けてしまうという恐怖のいっぽう、焦燥感に溶け堕ちている膣奥が満たされる期待感に胸が締めつけられていた。

「よし、いきましょう、せえの」

憲一の言葉に反応して種山がかけ声をあげた。ふたりの男はタイミングを合わせ、香純の両脚から手を離した。

「ひいいい」

むっちりとした白い下半身が男の股間に向かって落下していく。

濡れた媚肉を引き裂きながら、巨大な逸物が一気に膣奥に達し、さらに奥を突いた。

「ひあっ、あ……ああっ」

子宮が歪むような衝撃と共に、両手を吊られた上半身がのけぞり乳房も弾けた。

少し遅れて強烈な快感が頭の先まで突き抜けていき、香純は肌を波打たせて声にならない呻《うめ》きをもらした。

「あ、ああ、こ、こんなの……ああ」

一撃で絶頂にのぼりつめたのではないかと思うほどに、全身が歓喜していた。

切れ長の瞳を宙にさまよわせ、自分の肉体の反応に香純は驚愕していた。

「ふふ、入れただけで終わりじゃないでしょ、奥さん」

挿入だけでも呼吸を詰まらせている美夫人を見つめながら、村木は木馬の上の腰を上下に動かしはじめた。

彼は背後にある木馬の首を、両腕で抱えるようにして自分の身体を固定し、器用に下半身を動かして肉棒をピストンさせる。

「ひっ、あ、いまは、あ、ああ、ああ」

完全に痺れ堕ちている感じの膣肉を、巨大な亀頭が掻き回す。

両腕を吊られた身体をくねらせ、香純は淫らに喘いだ。知らず知らずのうちに自らの腰も動いていた。

「ああ、だめ、ああ、はあん、ああ」

もう頭の芯まで快感に蕩けていく。巨大な怒張はみぞおちのあたりまできている感覚があるが、その圧迫感も心地よかった。

「おおっ、奥さんすごく絞めてきてるぜ、ふふ」

一瞬で息も絶えだえの香純に対し、村木は余裕たっぷりな顔で腰を使ってくる。

強く突いたかと思えばわざとペースを落としたりしながら、リズムを変化させて香純の汗まみれの身体を突きあげるのだ。

「ああ、ああん、だって、ああ、こんなの、ああ」

巨大な逸物に翻弄されながら、香純は巨乳を躍らせて喘ぎつづける。

視界には妹の五月や、男たち、そして光恵が入るが、もう膣内の怒張にしか気持ちがいかない。

「ああ、はあん、私、ああ」

いつしか香純は村木に溶けきった顔を向けながら、悦楽の沼に溺れていた。

「あらあら奥様、旦那様以外のおチ×チンがそんなに気持ちいいの？」

狂った夢の世界にいるような感覚の香純の耳に、光恵の声が聞こえてきた。

「ああ、だって、ああん、ああ」

光恵の視線を意識すると香純はさらなる昂りを覚えた。憎い相手の前で醜態を晒すほどに被虐の性感が燃えあがる。

どうしようもなく甘えた声をもらして、香純はなよなよと頭を横に振るのだ。

「ここもさみしいでしょう、奥様。私がなんとかしてあげるわね」

そう言った光恵の手に握られていたのは、ねじりの入ったプラスティックのスティックだった。

同じような器具をアナルに呑み込まされて生活をさせられたが、それよりもかなり太くて長い。

光恵はほくそ笑みながら、ピンク色に上気している丸みの強い香純の桃尻の間に、ねじり棒を押し入れてきた。

「ひい、あ、ああん」

肛肉が拡がる感覚と共に、背中に強い快感が走って香純はまた絶叫した。

光恵はねじり棒を奥まで入れたあと、前後に大きく動かしてきた。

「ひいん、ああ、あああん、ああ」

もちろん村木によるピストンも続いている。両穴同時の快感に香純はさらに悩乱し、吊られた両腕にぐっと力を込めながらよがりつづける。

もう乳房も背中も汗まみれで、濡れ光る太腿が大きくくねって木馬を叩いていた。

「尻の穴も気持ちいいんでしょ。ふふ、お尻にお道具を入れて生活する気分は楽しかった？」

目を輝かせた光恵は、激しい息を吐く香純の顔を見つめて笑った。

「ずっと赤い顔をして滑稽だったわ。途中でなんどかお尻をつついてやろうかと思ったわよ」

そう光恵がすべて計画したということは、この二週間、アナルを器具で拡張されながら姉妹が暮らしていたというのも知っていたはずだ。

快感に耐えるあまり、ふらついてしまった香純を心配するふりをしながら、光恵は心の中でほくそ笑んでいたのだ。

「ひどいわ、あ、あああ」

あまりにみじめではないか。なぜ自分たちがこんな目にあわなければならないのか。ただそれも自分の淫らさが招いた結果なのかもしれない、お尻の穴を責められて感じてしまうような女であることが悪い。そんなふうに香純は思い込んでしまう。

「ほら、お尻の穴、どうなの、奥様」

そんな香純のアナルに向かい、光恵は強くねじり棒をピストンさせる。

肛肉が激しく開閉を繰り返し、そのたびに腰がジーンと痺れてたまらない。

「ああ、いい、あああん、いいわ、ああ、アナルが、いいの、ああん」

もう気持ちまで崩壊させた香純は虚ろな瞳で快感を口にした。

どうにもならないのなら、とことんまで感じてやろうと開き直っていた。

「いやらしい、それでも幸村宗家の妻なの。この牝豚」

よがり泣く美夫人に向かって叫んだ光恵は、空《あ》いているほうの手で、香純の熟れた桃尻に向かって平手を打ち下ろした。

乾いた音が響き、香純はひいっと悲鳴をあげる。それでも止まらずに光恵は何発も打ってくる。

「ひあ、ああ、そうです、香純は幸村の家にはふさわしくない淫婦です、ああ、もっと罰して光恵さん」

もともと腕っ節が強い光恵による平手打ちの連打に、豊満な尻肉はあっという間に真っ赤に染まっていく。

肌が灼けるような痛みさえもいまは心地いい。マゾの快感に酔いしれながら、香純はどこまでも自分を貶めていった。

「この変態女。あんたには男どもの奴隷がお似合いよ」

「あああん、そうよ、あああん、香純は牝豚なのよう」

丸太造りの広間に平手打ちの音と、女ふたりの声が響き渡る。木塚をはじめとする男たちも、そして実の妹である五月も、木馬の上で狂乱する美夫人に見とれていた。

「うう、また締めてきた。こりゃたまらん、いくぞ、奥さん」

香純の膣内に怒張を入れたまま、よがり泣く姿を見つめている村木が、顔を歪めながら、木馬に跨がる下半身を動かしてきた。

被虐の性感の昂りに合わせて、さらに敏感さを増している媚肉を、巨大な怒張が掻き回す。

「ああ、ああん、いい、ああ、オマ×コもいいのう」

もう完全にタガが外れた状態の香純は、恥じらいも捨ててよがり狂う。

その姿を見て男たちが笑っていることすら心地いい。

「もうイクのね、奥様。牝豚らしくイキなさい。みなさんによく聞こえるように、私は牝豚ですって叫びながらイクのよ」

光恵もねじり棒の動きを激しくしてきた。ビデオカメラを手にしている松村と佐倉も近づいてきてアップで香純の崩壊を撮ろうとしてくる。

「はああん、もうイッちゃうわ」

冷たいレンズに見つめられながら、香純はその白く肉感的な身体をのけぞらせた。

巨乳がブルンと弾け、汗の流れる顔を淫らに歪めて天井を見る。

「ああ、イク、牝豚の香純、ああ、イク、イクうう」

最後は一際大きな絶叫を響かせて、香純は全身を震わせた。

肉感的な太腿で自分の下の村木の腰をギュッと締めあげて、歓喜に溺れた。

「くう、俺もイクぞ」

村木も限界を迎え、膣奥に向かって精を放つ。若い精液が強い勢いで香純の奥を満たしていった。

「あ、ああ、ああ……」

子宮の中にまで熱い粘液が染み込んでくる感覚に酔いしれながら、香純はがっくりと頭を落とした。

絶頂の余韻に下腹が震えていて、妊娠のことを恐れる気持ちすらわいてこなかった。

「まさにケダモノね奥様、いいえ、女奴隷の香純。もうあんたは元の清楚な奥様に戻ることはない、一生、淫らな淫婦として生きるしかないのよ」

両腕を上に伸ばしたまま荒い呼吸を繰り返す香純に、光恵が目を血走らせて強い口調で言った。

「ああ……私はもう一生みじめな奴隷ですわ。ああ……」

そう返事をした香純の目にはもう涙はない。ただうっとりと居並ぶ男たちを見つめるのみだった。

丸太造りの広間から木馬が排除され、板の間の上に何枚ものマットレスが敷き詰められた。

姉妹のさらなる調教の宴は、裸の男たちに取り囲まれて始まった。

「奥さん、あんたはほんとうにいやらしい人だ」

香純と五月は一糸まとわぬ姿で、ふたり向かい合ってマットに膝立ちにさせられている。両腕は細めの丸太が交錯する天井下からぶら下がる縄に、両手首を束ねるかたちで頭の上まで吊りあげられていた。

「ああ、だって、ああん、あ、お尻が、ああ」

真っ白な巨尻の谷間から、太いバイブが根元だけ顔を出している。

モーターでうごめくそれが突き立てられているのは媚肉のほうではない、先ほども光恵に嬲り抜かれたアナルだった。

「尻の穴を掻き回されて、とんでもない顔になってますよ」

ねじり棒よりもかなり太い男根型のバイブだが、香純の肛肉は大きく開いてそれを受け入れ、甘い快感をまき散らす。

木塚や、カメラ係に戻った村木や種山まで、全員が肉棒を剝き出しにした男たちに取り囲まれるなか、香純は巨乳を揺らして白い身体をよじらせていた。

中にはすでに肉茎を勃ちあがらせている者もいて、その隆々とした亀頭を見て、香純は身体の芯が火照るのだ。

「ああ、お姉さん、ああん、私、ああ」

禁断の快感にさいなまれているのは妹の五月も同じのようだ。姉同様に膝立ちで両腕を吊られ、見事な肢体をよじらせている。

そして五月のアナルにも太いバイブが挿入されていた。

「あ、ああ、五月、ああ、ああ」

背骨を震わせる快感に溺れながら、香純は妹の顔を見る。以前は清純な雰囲気しかなかった美しい顔もいまでは大人の色香を感じさせる。

その理由は女の快感を知ったからだ。それが望まぬかたちであったとしても、肉体は成熟し見た目も変わってきているのだ。

「ああ、いい、ああん、お尻、ああ」

大きな瞳ももう蕩けきっている。五月もまた自分と同じように、何本も並んだ肉茎に魅入られているのかもしれなかった。

「いよいよ、準備もよろしいのではないですかな」

ふたり揃ってアナルからバイブの尻尾を生やしたまま、まるで別の世界にいるかのように浸りきる姉妹を見て、松村が木塚に言った。

「よし、奥さん、いよいよあんたの最後の処女をもらうぞ」

松村の言葉に木塚は頷《うなず》くと、自らの肉棒をしごきながら、香純の後ろに同じように膝立ちとなった。

「最後……あ、ああ」

最後の処女とはどういう意味なのか、香純は木塚がなにを言っているのかわからない。

汗に濡れた顔を後ろの木塚に向けるが、強い快感が直腸から駆け抜けてすぐに背中をのけぞらせた。

「五月のほうはもちろん、俺がもらうよ」

長身の身体の真ん中に、巨根を反り返らせた憲一が五月の背後についた。

彼は五月のアナルから尻尾のように出ているバイブを引き抜いた。

「ほれ、奥さんも」

木塚もまた香純の肛肉を拡張しているバイブを引き抜いていく。抜かれる際に肛肉が大きく開き、香純はさらに艶のある声を丸太造りの広間に響かせた。

「ああ、なにをするおつもりなのですか？」

香純はハアハアと息を吐きながら、汗に濡れた顔をもう一度木塚に向けた。

彼らの考えていることが、まともであるはずがないとわかっているのだが、香純の切れ長の瞳は期待に妖しく潤んでいた。

「奥さんのここにワシのチ×ポを入れるのですよ」

にやりと笑った木塚は両手で香純の豊満な尻肉と摑んで固定する。そしていきり立った逸物をゆっくりと押し出してきた。

「くう、うう、ああ、これ、あく」

エラの張り出した亀頭が触れたのは、膣口ではなくアナルのほうだった。

熱く硬い生の逸物が肛肉を大きく拡張して侵入しようとしてくる。最後の処女とはそういう意味だったのだ。

「ワシのを跳ね返そうとしておる、まあ、かなりこなれてきておるがな」

排泄器官であるアナルは、本能的に侵入物を押し返そうとしている。

木塚はそんなものには負けないと、怒張を力強く突きあげてきた。

「あ、ああっ」

吊られた両腕の間で頭を落とし、小さめの唇を割り開いて香純は絶叫した。

亀頭が入りきったあとは一気に腸肉を引き裂いて、奥にまで入ってきた。

「ふふ、入った、奥さんが肛門で初めてセックスをしたのは、このワシだぞ」

美しい人妻のアナルを奪ったのがよほど嬉しいのか、木塚は調子よく笑って腰を激しく動かしはじめた。

膝立ちで両腕を吊られている体勢で、少し後ろに突き出し気味になっている豊満な桃尻に、木塚の股間がぶつかり乾いた音があがった。

「あ、ああ、ああ、すごい、あ、ああ」

禁断の場所に、自分たちを堕とした憎い男のモノを受け入れているが、香純の心にはもうつらいとかくやしいとかいう感情すらない。

日々の生活の中でも開発されてきたアナルは、初めての肉棒にも見事に反応し、甘い痺れに腰が震えていた。

香純は切ない声をあげながら、巨乳をフルフルと揺らし、直腸で熱い肉棒を感じつづけるのだ。

「ああ、憲一さん、あっ、ひいん」

目の前で五月が両腕を吊られた身体をのけぞらせた。彼女のアナルの中にも男のモノが入ったのだ。

五月もまたその顔は快感に蕩けていて、苦痛など微塵もないように見えた。

「ああ、はあああん、いい、ああ、たまらないわ、木塚さん」

姉妹揃って初めてのアナルセックスでよがり泣く。まさにケダモノ姉妹ではないか。

そんな思いに囚われながら、香純はますます肛肉の快感に陶酔していった。


ついに肛門まで貫かれ白い身体をくねらせる美女ふたりを、肉棒を剝き出しにした男たちがぐるりと取り囲んでいる。

淫靡な香りがこもる広間に、延々と艶のある声がこだまし、男たちも目を血走らせ姉妹を嬲り抜くことに没頭していた。

「ふう……」

女の身体に快感を仕込んで調教することを生業としている橋は、そんな狂乱の中からひとり離れて廊下にいた。

仕事がら橋は女に溺れるということがない。いまも自分だけは服を着たまま、開き放しのドアのところから、狂宴のなりゆきを見守っていた。

(まあ確かにあのふたりなら、みんなが夢中になるのもわからんではないがな)

膝立ちで向かい合ったままアナルを貫かれてよがり泣く美姉妹。橋も、木塚から初めて彼女たちの和服姿の写真を見せられたときは、ほんとうにこの美女たちを責める機会があるのかと珍しく心が高揚した。

そして姉妹は調教が進むごとに、さらに被虐性まで開花させ、責め手にとっては理想的な牝へと成長していったのだ。

いまも瞳を妖しく輝かせて喘ぎつづける顔など、最初の写真とは別人のようだ。

木塚や松村たちもまた、この淫らなふたりに取り憑かれていると、橋は思うのだ。

「あら、橋さん、ご休憩ですか?」

廊下に出てタバコをくわえながら、そんなことを考えていていると、光恵が洗面器を手にしてやってきた。

「お、おい、光恵さんよ、いま浣腸は無理だぜ。アナルが拡がりすぎてるからな」

洗面器を見て光恵が姉妹に浣腸をしようとしていると思い、橋は慌てて言った。

橋は光恵を、今回の計画の一カ月ほど前に木塚から紹介された。

橋と木塚はかなり前から調教師と顧客の関係だった。金を貸した相手に美女がいたら、橋に頼んで牝奴隷に仕込み、自分のオモチャにするか、佐倉のような友人に売り飛ばすか、木塚はしてきた。木塚は光恵とも古い馴染みらしいが橋は初対面だった

「わかってますわよ、調教師先生。ただこれを温めているだけです」

光恵が見せてきた洗面器を覗くと、中にお湯が張られ、朱色をした双頭の張形が浸かっていた。

女の肉壺は興奮してくるとかなり熱くなるので、バイブやなんかを入れるときはなるべく温めたほうがいいと、橋が光恵に教えた。

「それならいいが、しかしあんたも、やることがえげつないな。奥さんたちはいま尻の穴を男に掘られてるんだぜ、それだけでもかなりきついはずだ」

そこにさらに前の穴に張形まで入れようとしている光恵に、橋は苦笑いした。

「よけいな考えなんかもつ暇を与えないように、徹底的に責め抜けといったのは、橋さんじゃないですか、ふふ、いまさらですよ」

自分の勤め先の妻とその妹を色地獄に堕とそうという考えにも驚いたが、光恵は橋に、いつもどんなふうに女を悦ばせているのかと根掘り葉掘り聞いてきた。

男と見間違うようなごつい風貌をしているのに、マゾの気《け》でもあるのかと驚いたが、この女、実にサディスティックな性癖の持ち主で、姉妹を逃げられない状況にしたあと、どんな風に嬲り抜いてやろうかと目を輝かせていた。

いまも同じ目をして笑う光恵に、さすがの橋もそら恐ろしさを覚えるのだ。

「まあ、確かにそのとおりだがね。そう言えば、光恵さん。さっき奥さんたちをＳＭショーに出演させるようなことを言っていたが、ありゃ本気かね」

木馬に乗っていた香純に、光恵は確かにそう告げていた。

「この世界には木塚さんのように金持ちの好事家というのがけっこういてね、あのふたりならかなり稼げると思うんだがな」

全国のＳＭ趣味の金持ちから、同じ趣味の友人たちの集まりなどでショーをしてほしいという依頼はけっこうある。

出演者がいわゆる名家の美女となれば、料金も高く設定できるはずだ。

「あはは、冗談ですよ。でも半分本気かな……」

光恵はケラケラと笑ったが、すぐに真顔になった。

「まあでもそうなると無理やりってわけにはいかないから、自分から離縁させて幸村の家を出ていかせないと」

ブツブツと恐ろしいことを言ったあと、光恵はふたりをもっと色狂いにするのがいちばん早道ですね、と笑った。

「なら、やっぱりこれを使いましょう」

そして洗面器を一度、橋に預けた光恵は、ポケットから釣り用のテグス糸を取り出した。

「これを使ってふたりの乳首とこの張形を結ぶのはどうでしょう。あの大きなおっぱいが揺れるたびに張形がオマ×コの中を掻き回していいんじゃないかしら」

声を弾ませながらそう言い、光恵はテグス糸をポケットに直した。恐ろしいのはこの女、悪魔の所業を企みながらずっと笑顔のままだ。

「おい、あんまり無茶をして壊すなよ」

「あはは、その辺は心得ておりますわ、調教する側は心を冷静にですよね」

女調教師の雰囲気を見せながら、光恵は洗面器を受け取って広間に入っていった。

男と女の身体から発する体温と汗の湿り気で、ログハウスの窓が曇っている。尻たぶに激しく男の腰がぶつかり柔肉が波打つたびに、女は悲鳴のような喘ぎを響かせるのだ。

「ああ、ああん、これ、ああ」

いまだ香純と五月はそれぞれ木塚と憲一にアナルを犯されている。

その状態で向かい合うふたりの膣口が近づけられ、双頭の張形が挿入された。さらに光恵が用意した釣り糸で乳首が張形と繋がれた。

「ひい、ひあ、ああ、だめえ、ああ、五月おかしくなる」

姉妹は互いに両脚をMの字に開いた状態で股間を寄せ合い、頭の上まで吊りあげられた両腕を震わせている。

アナルへの突きを受けて巨乳が弾むたびに、乳首と糸で繋がった張形が動き膣の中を搔き回す。

「ひあっ、ああ、私もよ、ああ、ひぃ、もうだめ、イッちゃう」

肉棒で突かれつづけるアナルと直腸。乳房の揺れに合わせて引っ張られる乳頭と、搔き回される膣奥。

狂おしいばかりに全身が燃えあがる。香純はもうただひたすらに快感に吞み込まれていた。

「ふふ、どの穴でイクの、奥様」

「ああ、わからないわ、あああん、全部気持ちいいもの、ああ」

光恵の小馬鹿にしたような問いかけにも、香純は素直に答えてしまう。

主従は完全に逆転し、光恵の声を聞くだけで心まで痺れている感じがした。

「ふふ、イクがいいわ。自分はもうまともな人間ではなくなった。そう思いながらイキなさい」

光恵の言葉が強く耳に響く。確かにそうだ、ここまで恥ずかしい姿を晒している自分が元の妻に戻れるはずもない。

「あああ、お姉さん、五月、イク、イクう」

もうひとりの肉奴隷が腕を吊られた上半身をのけぞらせてのぼりつめた。

「ああ、私もイクわ、あああ、香純、ああ、イクううう」

きっと自分は一生、男たちに嬲られて生きていくのだ。そんな予感を覚えながら、香純は全身を覆いつくす絶頂に身を委ねるのだった。

嬲《なぶ》られ絶頂《ぜっちょう》 名家《めいか》の麗夫人《れいふじん》と処女妹《しょじょいもうと》

二〇二三年十月十日 初版発行

発行◉マドンナ社
発売◉二見書房
東京都千代田区神田三崎町二－一八－一一
電話 〇三－三五一五－二三一一（代表）
郵便振替 〇〇一七〇－四－二六三九

著者◉天内 幸【あまない・こう】

印刷◉株式会社堀内印刷所 製本◉株式会社村上製本所 落丁・乱丁本はお取替えいたします。定価は、カバーに表示してあります。
ISBN978-4-576-23107-5 ◉Printed in Japan